天声人語

2023年1月—6月

朝日新聞論説委員室

朝日新聞出版

目次

2023年1月

2023年4月

2023年5月

2023年6月

天声人語　２０２３年１月－６月
（令和５年）

装丁　加藤光太郎
装画　タダジュン

2023

1月

いろは歌　1・1

昨日までと同じように空が明けてゆくのに、何かが違う。元日の朝の不思議である。天気予報によれば、九州から関東にかけては初日の出を拝めたはずだが、さていかがであったろう。手をあわせて思いを新たにする。この五七調にも、そんな気持ちがにじんでいる。

〈鳥啼《な》く声《こゑ》す夢覚ませ／見よ明けわたる東《ひんがし》を／空色映えて沖つ辺《べ》に／帆船《ほぶね》むれゐぬ靄《もや》のうち〉。明治時代につくられた「いろは歌」である。いろはの47文字に「ん」を足して、すべてを一度だけ使うことば遊びだ。旧仮名遣いで、濁点は問わない。

当時の新聞が募り、1万を超える投稿から1位に選ばれたそうだ。〈色は匂へど〉の組み合わせ以外に、こんな芸当が出来るとは。一つ考えるだけでも苦悶《くもん》しそうだが、世の中、上には上がいるものだ。

兵庫県尼崎市の中村菜花群《なかむら》さん(59)は2017年の秋以降、ほぼ毎日いろは歌を詠んでいる。去年1月の作品だ。〈黒豆蓮根《はすね》／海老《えび》昆布／青菜《あをな》添へけり／さて御節《おせち》／太陽《たいやう》燃ゆる／良き年に／笑顔《ゑがほ》の我ら／睦《むつ》みゐぬ〉。いやはや、よくぞ。重箱の具材も盛り込み、見事というほかない。

2023・1月

コツはあるのか。中村さんによれば、「て」や「に」は助詞にもなれて、どこにもあてはまる優等生だそうだ。一方で「ろ」は使い道が限られる個性派だとか。

要は、それぞれの居場所を見いだす、ということなのだろう。すると一つの情景が生まれる。おや、新年の祝い酒が早くもまわったか。何だか人間世界のお話のように思えてきた。

明治の改暦　1・3

「あり得ない」ことを、古い例えで「傾城《けいせい》に誠あれば三十日《みそか》に月が出る」といった。旧暦では、月の満ち欠けが新月からぐるりとひと回りするのを1カ月とした。月末に月が輝くことが絶対にないように、思わせぶりな遊女の言葉には真実がない、という意味である。

その旧暦がいまの太陽暦に改められたのはちょうど150年前、1873（明治6）年の元日であった。政府による公布は、たった23日前。「三十日に月が出る」が突然の現実となった戸惑いが目に浮かぶ。世の変わりぶりに、四角い卵すら見つかったと皮肉る記事が当時あったそうだ。

改暦を急いだのは、国の台所事情ゆえらしい（岡田芳朗著『暦に見る日本人の知恵』）。旧暦のままだと、その年に閏《うるう》月がある。すると役人に13カ月目の余分な月給を払わねばならない。財政難の政府による歳出カット策だったというから、相当な荒業だ。

あり得ないはずのことを、自らのふところ次第でひっくり返す。似たようなやり口が、新年度の当初予算案にも垣間見える。歴代政権が「禁じ手」としてきた、借金による護衛艦などの建造だ。

戦時中の反省から、防衛費に建設国債をあてることはしてこなかった。かつては福田赳夫蔵相も「適当ではない」と答弁していた。歯止めが利かなくなるのでは、と恐れる。

積み上げてきた見解をあっさりとひるがえす。ここ数年、そんな場面が多すぎる。政治に誠あれば――。そう求めるのは「三十日の月」を待つようなものなのか。

三日坊主　1・4

願いごとのために、3年間は酒を断とうと男が誓った。ところが明くる日にはもう、赤ちょうちんの仲間のところへやってくる。「お前、もうおしまいかい」「いや3年を6年に延ばして、かわりに夜だけは飲むことにした」「だったら、いっそ12年にして昼から飲め」

古い小ばなしである。年の初めに今年こそは、と誓いをたてた方も多かろう。禁酒、日記、ランニング……。三が日が過ぎ、まだ無事に続いているだろうか。それとも早くも白旗をあげているだろうか。

三日坊主で終わるのはコツがつかめていないからだ、と野口吉昭著『コンサルタントの習慣術』にあった。やみくもに頑張るのではなく、目的や目標、手段をはっきりさせることが肝心らしい。

2年後に留学するために（目的）、TOEFLで高得点をとりたい（目標）、だから毎日15分のラジオ講座を必ず聴く（手段）といった具合だ。自分をちょっと褒めながら取り組むことが大切だそうだ。

と書きながらお恥ずかしいが、そう理路整然とこなせるか、当方は自信がない。父の没後、若い時分の日記を数冊見たことがある。連日の記録は3月ごろから間遠になり、秋にはすっかり白紙に。なのに毎年、新しい日記帳に「今年こそ書き続ける」とつづっている。

この親にしてこの子ありか。ご同輩の皆さんと、有名なジョークを分かちあいたい。「禁煙なんて簡単なことだ。これまでに千回もしてきた」。同じ過ちを繰り返しては悔やむ。それもまた人間らしい。

前ローマ教皇の孤独　1・5

「次は高齢の人がいい」。18年前、ローマ教皇を決める秘密選挙をバチカンで取材した。選挙前、投票権を持つ枢機卿たちに聞いて回ると、だれもが同じ条件をあげるのに驚いた。カリスマ的な前任者の長期政権で様々な弊害が生じ、早めの代替わりが強く望まれていた。

こうしてローマ・カトリック教会の最高位に選ばれたのが、先月31日に95歳で亡くなったベネディクト16世だ。同性婚や妊娠中絶、神父の妻帯などを一切認めない保守派で、在位中は聖職者による児童への性的虐待や金融不祥事などの問題が続出した。

就任直後、出身地で評判を聞こうとドイツ南部を訪ねたことがある。村人たちは誇りにしつつ、「彼はバチカンの生活が長いから、もうイタリアが故郷だ」と話した。そのイタリアでは「保守的なドイツ人」と呼ばれることが多かった。

教皇とは孤独だと感じたのは、ポーランドにあるアウシュビッツ強制収容所を「ドイツ人としての義務だ」と訪れた時だ。高位聖職者の集団から離れ、収容所の鉄門を独りで歩いてくぐった姿が寂しげに見えた。

2023・1月

78歳で就任した彼は8年後、約600年ぶりの「生前退位」で世界を驚かせた。側近によると、枢機卿会議の最後に突然、ラテン語で退位表明を始めた。枢機卿の一人が「青天の霹靂《へきれき》だ」と伝え、初めて全員が状況を理解したという。

それまで終身制で務めるものとされた教皇職は、年齢の鎖から解放された。近代化に貢献したとの評価を、彼はどう受け止めるだろう。

曽我兄弟と首相会見　1・6

「虎と見て石に田作《たづくり》掻鱠《かきなます》、矢立の酢《す》牛蒡《ごぼう》煮こごり大根、一寸の鮒《ふな》に昆布の魂」。おせち料理を詠み込んだ言葉遊びも楽しい歌舞伎「矢の根」は、江戸時代の庶民が正月に好んで見たという。敵討ちで有名な曽我兄弟の弟・五郎が主人公で、荒事《あらごと》の所作が満載だ。

父の敵を討つべく矢じりを研ぐ五郎は、貧乏暮らしを嘆いて七福神に悪態をつく。宝船の絵を敷き砥石《といし》を枕に寝ると、初夢の中で捕らわれた兄が助けを求める。五郎は跳び起きて通りがかりの男から馬を奪い、大根をむち代わりに走り去る。

わかりやすさと豪快さ、まっすぐさにたっぷりのユーモア……と、作品の魅力を並べて気がついた。すべて、一昨日の岸田首相の年頭会見にはなかった要素ではないか。ならば、まったく心に響かなかった理由もみえたような。

「異次元少子化対策」も「新しい好循環の基盤を起動」も「日本経済の未来を切り開くエンジン」も、何かすごいことを言っているようだがよくわからない。五郎の「ヤットコドッチャア、ウントコナア」のかけ声の方が、よほど勇壮だ。

「待ったなしの防衛力の抜本的強化」と言われても、強引な転換と増税では「命や暮らしを守る」と実感できない。格差拡大、競争力を失った日本企業、トリクルダウンの失敗などの問題認識もうつろに響く。

矢の根の人気は、足を踏みならして豪快に叫ぶ五郎に、庶民の鬱憤《うつぷん》が晴れたからだろう。ハテ奇特な男じゃなアーーそう感心されるような言葉では語れないものか。

七草いまむかし　1・7

〈俎《まな》板の染《し》むまで薺《なずな》打ちはやす〉長谷川かな女。七草粥《がゆ》をつくるために、青汁が出るまでナズナをきざむ必要があるのか。江戸時代に七つの調理道具を使って囃《はや》す「薺打ち」の行事があったと知り、疑問が解けた。

江戸後期の風俗などを記した『近世風俗志』にあった。地域で文句は異なるが「七草なずな唐《とう》土《ど》の鳥が日本の土地へ渡らぬさきに、ストトントン」などと囃し、ナズナを置いたまな板を盛んに打ったという。中国から来る悪い鳥を追い払うためとされ、年始めに豊年を願ったのが由来のようだ。

同著には、聞き慣れない「七草爪」も登場する。七草の日にナズナを水につけて「男女これに指をひたし爪をきる」という。いわば「爪の切り初め」で、邪気を払うと信じられていた。明治、大正、昭和を生きたかな女は〈母の膝《ひざ》のぬくさ今なほ七草爪〉の句も残している。

七草の風習は、時代とともに移ろってきた。半世紀ほど前に提唱された「近代七草」は三つ葉、春菊、レタス、キャベツ、セロリ、ホウレン草、ネギ。おいしそうだが、定着しなかった。しぶとく生き残ったのが七草粥なのか。

ならばと昨日、スーパーで春の七草セットを手に取った。隣にフリーズドライの七草や、レトルトパックになった七草玄米粥も。ご飯にふりかけてお茶を注ぐ七草茶漬けに至っては、粥ですらない。

時代の荒波にもまれても、正月の暴飲暴食と胃腸の疲れはなくならなかった。50年後、百年後には、どんな七草が残っているだろう。

お酒を飲まない生き方　1・8

はやりのカタカナ言葉は何やらごまかされているような気もしてどうも苦手だ。ただ、これにはハッとさせられた。ソバーキュリアス。直訳すれば、しらふの好奇心。あえてお酒を飲まないことで得られる気づきといった意味か。

作家の桜井鈴茂《すずも》さん(54)がそんな断酒の生き方を始めたのは3年前。ひどい二日酔いがきっかけだった。すぐに気づいたのは「1日の時間が長く感じられるようになりました。頭がすっきりし、夜には読書もできる」。

以前はほぼ毎日晩酌していた。朝起きるとけだるい。疲れがとれない。酔うと攻撃的に議論をふっかける自分が嫌だった。「何度も酒で失敗しました。あと10年早くやめておけばよかったな」

不便を感じたのは飲み会の席で注文できる飲み物が少ないこと。「この社会は飲酒する人に合わせてデザインされている」と実感したそうだ。世界各国のおいしいノンアルコールのビールを集めたバーを、自ら東京・目黒に開いた。「酒飲み文化への抵抗です」

確かに人類の歴史はお酒との歩みにほかならない。〈夕《ゆうべ》として飲まざるなし〉とうたったのは

2023・1月

晋代の陶淵明。〈一杯一杯また一杯〉との名詩を残した李白は〈一飲三百杯〉と誇った。もしも偉大な詩人たちが晩年に禁酒していたなら、どんな詩を残していただろう。

きょうは正月事納め。年末年始、痛飲してしまった人もいれば、楽しく飲んだ方もおられよう。飲むか。飲まないか。人間らしい悩みのなかに新たな気づきを見つけたい。

6カ国転校生　1・9

キリーロバ・ナージャさんはロシアがまだソ連だった1980年代、レニングラードで生まれた。彼女の父親は数学者、母親は物理学者。両親の仕事の都合でロシア、日本、英国、フランス、米国、カナダの学校を転々とした。

まるで「ジェットコースターの人生」だったそうだ。国が変われば「普通」は変わる。ロシアの授業はペンを使った。間違えても消せない。じっくり考えてから書く。ところが、英国に行くと鉛筆だった。何度も直してたくさん書くようにと。

体育で勝敗を重視する国がある一方でフランスでは体を動かす楽しさが大切にされた。泳ぎ方から数字の書き方までカタチが大事な日本の不思議さ。米国の先生からは「私も答えを知らない」と言われて驚いた。

ナージャさんは日本の大学を卒業し、いまは大手広告会社に勤める。昨年、著書『6カ国転校生ナージャの発見』を出した。常識とは何か。正解とは何か。そんなことを考えさせる本だ。

きょうは成人の日。憂い多き若者に向けた言葉を尋ねると「他人との違いを自分で発掘していくのが大人の旅かな」とナージャさん。「子どものときは普通になりたいのに、大人は『普通だね』と言われるのが一番ショックです」

なるほど。でも違いを示すのは簡単ではないですよね。「私も自信はない。自分の一番弱い、すぐに壊れてしまいそうなことをさらけ出す。それが個性を出すということだから」。自身の「普通」を悩み続けてきた人はやさしくそう言った。

2023・1月

などなど　1・10

「など」というのは実に便利な言葉である。一言つけ足せばほかにもあるが割愛しましたとの意になる。それが何かを明らかにする必要もない。正確さを期すような顔をして、あいまいに逃げる表現にも使える。多用するなときつく先輩記者に言われたのを思い出す。

新型コロナに感染した宮崎県知事が発症直近に初詣をした事実を、県が隠蔽《いんぺい》しようとしていた。知事も了承し、報道発表は「公舎などで過ごす」とされた。初詣を「など」に含め、ごまかそうとしたらしい。朝日川柳に〈「公舎など」「など」に神社を押し込める〉とあった。

そもそも「など」は行政が物事をあいまいにしたいときの定番の表現だ。「等」が入る法律名もいかに多いことか。かつて共謀罪の呼び名を嫌った政府はテロ等準備罪の名称に固執した。

辞書を見れば、平安時代に使われ始めた言い方だとか。枕草子には〈火などいそぎおこして、炭持てわたるも〉といった表現が随所に現れる。言葉をぼやかしつつ、文章をやわらかくする効果も伝わってくる。

一方で何かを軽んじて扱う意味もある。知事は隠蔽の理由を「県民に無用の不安を与えないように」との配慮だと説明した。その判断の背後に、県民「など」に正確な情報「など」教える必要はない、という気持ちは全くなかったか。

何とも懸念が募る話である。県は報道をしないよう地元紙に要請までしていたという。別の言葉もあげて強調しておきたい。気がかり、心配、憂慮、危惧、などなど。

リトアニアの独立指導者　1・11

国家とは何か。何のためにあるのか。幾多の先人たちが抱いたであろう問いに対し、リトアニア独立の立役者ビタウタス・ランズベルギス氏(90)はこう語っている。「国家とよばれる組織の意味はその領土を拡大させ、不動にすることである」

1991年の同国独立までの歩みを追ったドキュメンタリー映画「ミスター・ランズベルギス」を東京・渋谷で見た。独立阻止にソ連軍が首都占拠に入ったのは32年前のきょう1月11日。市街地を走る戦車。タタンッと響く銃声。緊張の映像に目を奪われた。

ランズベルギス氏はピアニストだった。国立音楽院教授を経て独立を目指す政治組織のリーダーに。ソ連軍に包囲され、最高会議の建物に立てこもる。窓の外からは民族歌が聞こえてきたという。数万人の市民が歌っていた。「あれこそ無上の音楽だった」

彼の国家観はこのとき固まったに違いない。超大国は領土保全のために多数の市民の流血も辞さない。一方で、それに抗《あらが》う人々の「自由への欲求の爆発」がいかに強いものか。目の前にあるウクライナへの侵略の現実も重なる。

4時間余りの映画を見た後、心に残ったのは、リトアニアの独立指導者たちが落ち着いた語り口で民主や平和の理念を人々に説く姿だ。興奮を呼ぶ演説ではなく、淡々と静かに言葉を紡ぎ続けている。

「新しい戦前」。タレントのタモリさんのそんな発言が話題になっている。有事を巡る懸念が高まるいまだからこそ冷静さを求める政治の重みを思う。

議員のなり手不足　1・12

長野県喬木《たかぎ》村の後藤章人《あきと》さん(70)は、二つの顔をもつ。昨年12月のある土曜日。仕出し弁当屋のあるじとして、午前2時に起きた。魚をさばき、エビにパン粉をまぶす。仕込みを終えたところで白衣からスーツに。

向かったのは、午前9時からの村議会一般質問だ。そこで議長もつとめている。村には議員のなり手が少なく、職に就きながら出来るようにと、2017年から「夜間・休日議会」を始めた。先駆的な試みはマニフェスト大賞の優秀成果賞にも選ばれた。

なのに、欠員2を補充する1年前の選挙には1人しか立たず、いまは定員割れだ。役場の村民意識調査では、11人の議員の誰も知らないという答えが3割もあった。「人口6千人足らずの村でショックでした」。議場でお会いした後藤さんはうなだれた。

議員との両立も楽ではない。店は妻と2人きり。「務まるわけないと一度は誘いを断ったんです。でも、なった以上は役割を果たさないと」。答えている間も注文の電話がかかってきた。

4月には統一地方選がある。前回、都道府県議選でさえ、四つに一つは無投票で終わった。それでは多様な意見が反映できないと、地方制度調査会は「夜間・休日議会」を促す答申を昨年末まとめた。

「でもそれだけでは解決しません」と村では異口同音だった。議員のなり手不足で無投票になる。だから多くが議員を知らない。議員を知らねば議会に関心が向かない。関心が向かねば……。負の螺旋《らせん》を抜け出すのは容易ではない。

安保条約5条　1・13

日米安保条約の適用地域とはどこか。1950年代後半。条約を改める日米交渉では、それが大きな問題だった。焦点は、いまだ米国の統治下に置かれていた沖縄の扱いにあった。

外務省安保課長だった東郷文彦氏は「沖縄を含めるのは当然」と考えていたが、米国は嫌った。沖縄について日本が口出しする余地が生じ、返還要求につながりかねないと反対した。

結局、いつものように日本側が折れ、条約の適用地域から沖縄などはすっぱり切り離されてしまった。第5条が「日本国の施政下にある領域」という回りくどい文言になったのには、そんないきさつがある。それが、昨日のような解釈につながるとは。

日米の外務・防衛閣僚が会合で、安保条約は宇宙にも適用されることを確認した。日本の衛星も「施政下にある領域」にあたり、米軍による防衛の対象になりうるのだという。さすがの東郷氏も、時代の変わりように驚いただろうか。

会合では、中国にそなえた南西諸島の防衛強化も表明された。政府は、驚くスピードで沖縄の自衛隊を増強させようとしており、本島から与那国島まで飛び石のようにミサイル部隊が置かれる計画だ。思えば沖縄は、60年代も対中国の核ミサイル基地に変貌《へんぼう》させられた。

「しょせん、沖縄は日本にとって軍事植民地にほかならない」。地元の作家、大城立裕さんはかつて政府の横暴さを突いた。都合次第で切り捨て、国を守るためという理由で負担を強いる。何度、同じ道を歩むのだろうか。

きょう共通テスト　1・14

息子が小学2年のとき、母は答案用紙を教師に見せられた。白紙。生き物好きの彼は、モンシロチョウの生態についての問題文に夢中になってしまい、そのまま時間切れに。本紙「ひととき」欄へのそんな投稿が記憶に残っている。

ほほえましく思いつつ、わが子だったらどうしたかと考えた。個性は大切にしてほしい。そして、テストでもそれなりに点数をとってほしいというのが、ぜいたくで平凡な親心だろう。

子のふるまいの成長ぶりに驚いたり、小言を言いたくなったり。そんな記憶をたどりながら、会場に向かう背中を見つめた親御さんも今朝はおられよう。大学入試の共通テストが始まる。未来の扉をあけようと約51万人が出願した。〈受験生見えなくなるまで見送ってなぜだろうハラハラ泣けてくる〉松田由紀子。

親世代の共通1次やセンター試験を経て、いまの共通テストの特徴は問題文の長さだ。先日、過去問に手をだして泡をくった。モンシロチョウの彼のごとく、じっくり読んでいたのではとても時間が足りない。

2023・1月

受験テクニックを笑いにした清水義範著『国語入試問題必勝法』を思い出した。主人公は説く。まず第一に設問に目を通せ、それから――いや、受験生のみなさんに余計な口出しは無用であろう。すでに、準備は十分にしてきたはずである。

天気予報によれば、きょうは3、4月並みの暖かさになるという。みなさんに「春」がやって来るのももうすぐ。苦しかった日々は報われるはずだ。ご健闘を。

SNS時代の自伝　1・15

チャールズ英国王の次男ハリー王子(38)が今月10日に出した自伝『スペア』を、電子書籍で買った。「過去は決して死なない」の始まりから、最後の「私の言葉で私の話を知ろうとしてくれてありがとう」まで、400ページ超を一気に読んだ。

全体を貫くのは、激しい負の感情だ。兄ウィリアム皇太子の「スペア（予備）」に過ぎないという劣等感や、母ダイアナ元妃も苦しんだパパラッチらへの憎しみ。アフガニスタン従軍中に殺害したという敵の戦闘員を「チェス盤から除かれる駒」にたとえるくだりは受け入れがたい。

心がざわついても読み続けたのは、上品な描写と下世話なネタのまぜ方が巧みだからか。日本語訳はないが15カ国語に訳され、英語版だけで初日に140万部以上も売れたという。一方で、王子の好感度は過去最低にまで落ちた。

自伝や回顧録の熱心な読者として言えば、この数年で、欧米で出版されるものの書き方が変わってきたように感じる。時代の記録より、「私の物語」としての比重が増えた印象だ。たとえば、30年前の『サッチャー回顧録』は歴史的な節目を冷静に振り返り、感情は時折のぞかせる程度だった。5年前のミシェル・オバマ元米大統領夫人は失敗談を豊富に盛り込み、感情表現も直接的だ。

ネット時代の読者は、著名人の日常をのぞき見するのに慣れている。SNSより詳しく刺激的で読みやすい。ハリー王子の回顧録は、まさにそれだ。ただ、かつての重厚な読後感がなつかしくもある。

そろり始動の百人一首　1・16

自粛とリモートが続いた日々から、リアルな部活動や学校イベントが再開し始めた。〈文化祭初の対面ミュージカル拍手はこんなに嬉《うれ》しかったか〉高3野畑琴音。毎年この時期に、東洋大学から「現代学生百人一首」が届く。コロナ第8波のなか、かつての日常が戻って欲しいと切に願う。

36回目の今回は約6万6千首の応募があった。方言や祖父母を詠んだ歌が目立ったのは、久々に田舎で再会できたからか。〈流行語若者「それな」祖母「んだず」祖母が使うとめんこいばかり〉高1荒木英美梨《えみり》。

〈五時間も黙って座る日帰りの座禅もどきの修学旅行〉中1栗原勇哲《はやと》。バスのなかの沈黙。まだ「条件付き」の再始動ではある。〈電車内マスクしてない人がいる責める気持ちを消せない自分〉中1井上湊祐《そうすけ》。緩んでいく世の中に対して、心が追いつかない。

〈三年の時経て揺れる火薬の香湖《か》水にひかる花のなつかし〉高1田村凜。〈塾帰り空のスクリーン茜《あかね》色そっとスマホをリュックに入れる〉中3若狭いおり。花火に夕焼け。リアルで感じる香りや色っていいよね。

パンデミックも収まらないなか、ロシアの侵攻で戦争が始まった。〈ウクライナコロナ未来の教科書の数行分の激動の年〉大学院2内村佳保。この衝撃は歴史に埋もれさせず、歌にして残したい。〈青い空金色《こんじき》の野のウクライナ描くためには赤はいらない〉高1鈴木優志《ゆうじ》。〈十一年経っても私は帰りたい私の故郷いわきの町へ〉高1渡辺恵美里。もうすぐ、12年になる。

災害と女性の28年　1・17

阪神・淡路大震災から、きょうで28年となる。亡くなった6434人で、女性が男性より約千人多かったことをご存じだろうか。子育てを終え、親の介護や看取《みと》りをし、夫に先立たれた高齢女性が多く犠牲になった。

理由の一つは、少ない年金で暮らす彼女たちが都市部の「古い住宅に身を寄せ合うようにして住んでいた」(『災害女性学をつくる』)からだ。木造の文化住宅など、高度成長期に建てられた耐震性の低い住居だ。大都市直下型地震で、死因の約8割は建物の崩壊などによる「圧死」だった。

社会のひずみは生き延びた者にも犠牲を強いた。そして、災害時に女性の視点が必要だという教訓を残した。いまでは世界の常識となりつつある「被災地のジェンダー視点」だが、日本でそれが提起された発端は、この震災である。

避難所ではトイレが男女共有で行きづらく、夜は暗くて怖い。間仕切りがなく、着替えや授乳の場所がない。離乳食や生理用品が支援物資にない。当事者ならわかって当然だから、災害分野

2023・1月

の主体には女性が必要なのだ。

女性支援団体には性暴力の被害が報告された。震災を機に解雇された約10万人の多くは、パートやアルバイトの女性だったとされる。夫の親類を自宅に受け入れたら家事で「嫁」の役割を強いられた、いらだつ夫や恋人に暴力を振るわれた、などの相談も。

弱者へのしわ寄せは非常時に増す。だからこそ平時から平等、多様な社会でありたい。私たちは、どれだけ進歩しただろう。

振り袖火事の伝説　1・18

江戸時代の数ある大火事のなかでも、恐らく最も知られているのは「振り袖火事」の俗称を持つ明暦の大火だろう。１６５７（明暦３）年の旧暦1月18日から20日まで、三つの大規模な火災が続いて10万人以上が亡くなったともいわれる。

失恋した若い娘の棺《ひつぎ》にかけられた振り袖を寺の僧が転売したら、それを着た女性が次々に亡くなった。恐れた僧が境内で振り袖を燃やすと空へ舞い上がり、江戸中を焼き尽くした――。だが、大火を詳細に検証した岩本馨・京大院准教授の『明暦の大火』によると、この物語は後の創作だったようだ。

それでも、明暦の大火が世界史上最大級の惨事だったのは間違いない。同著によると、大火の3日前まで10日連続で晴れ、雪まじりの風が一時吹いた後はまた晴れが続いたという。乾燥と強風はいつの時代も大敵である。

東京は昨年末から今月12日まで、過去2位となる21日連続の降水なしを記録した。このところ、火災の報道も目に付く。消防庁の統計では、例年1月から4月の発生件数が多い。

付火《つけび》、貰火《もらいび》、類焼、下火、火の手、火の元、火事見舞。明治初期に来日した英国人の日本学者チェンバレンは「日本語の火事の特殊用語」が多いことに驚嘆した。「都では冬になると、毎晩のように、真赤な焔《ほのお》が空を焦がした」と書いている（『日本事物誌』）。

豊富な語彙《ごい》は、長く火事に苦しんできた表れだろう。自宅から火が出る「自火《じか》」が、実は「粗《そ》相火《そうび》」だったとならないように気をつけたい。

2023・1月

加賀乙彦さん逝く　1・19

いまから30年前、東京大学の入試の国語にこんな書き出しの文章問題が出た。「ある日こういうことを感じたんです。星を見ていると、頭の上にいくら行っても星がある、それから足の下の方も星である、つまり我々は無限の世界の中に投げだされている」

作家で精神科医の加賀乙彦《おとひこ》さんが語った内容だった。「人間の存在は限定された時間しかもたない」と続く文章は、宇宙の広大さに比べて、人間の時間や空間がいかに小さなものであるかを説いていた。

これで感じたことを書け、とする設問は受験生をさぞ悩ませたに違いない。死とは何か。生きるとはいったい何なのか。そんな根源的な問いを投げかけ続けた加賀さんが逝った。

若いころ、東京拘置所の医務技官として多くの死刑囚や無期囚と面接した。気づいたのは、あす死ぬかもしれない死刑囚たちが「時間をギューッと凝縮」して興奮状態にあったこと。対照的に、無期囚は死の問題をわざと遠ざけ「無限に薄められた時間」を静かに生きていた。

私たちの死への意識は死刑囚と無期囚の中間にあるのだろう。でも、ときには死刑囚のように「真剣に死と対決しておかないと、いざ、突然死が迫ってきた時に間にあわない」(『生と死と文学』)と加賀さんは記した。

死は誰にも確実な未来である。筆者を含め多くの人は考えるのを避けがちだが、これに正面から向き合う社会の大切さを説いた。自伝では「なにも恐れることはない」とも語っていた。93歳。老衰だった。

＊1月12日死去、93歳

「5類」への変更　1・20

鉄砲、見急《けんきゅう》、横病、三日ころり。幕末の日本で伝染病コレラはそんな呼び方もされていた。いかに恐れられていたか。名称からも伝わってくるようだ。コレラには「虎列剌《コレラ》」の当て字が使われた。

先週始まった国立公文書館の企画展「衛生のはじまり、明治政府とコレラのたたかい」を見た。目をひいたのは死者10万人に上った明治の流行を記録した政府文書。タコと青菜を食べ感染した。川の水を飲み発症した。細かい感染例に当時の人々の苦境がしのばれる。

現在の新型コロナとの闘いも、昔日のことと回顧できる時代がいつか来るのだろうか。政府が今春以降、感染症法上の分類を「5類」に引き下げるのを検討しているという。そうなれば緊急事態宣言などの行動制限はできなくなる。脱コロナ禍への大きな節目となりそうだ。

正直言ってかつての当たり前を早く取り戻したい自分がいる。「先生、歯がいっぱい」。マスクを外した保育士の顔を見て3歳児が驚いた、との話が少し前の本紙の投書欄にあった。非日常が日常化している異常さにため息が出る。

だが、懸念も大きい。いま緩和に動いて本当に大丈夫なのか。第8波は続き、高齢者を中心に死者数も過去最多レベルだ。誰かに犠牲を強いることにならないか。

「文明の尺度は強大な軍隊や科学技術ではない。弱者にどう接するかだ」。3年前、封鎖された中国武漢の作家の言葉に首肯したのを思い出す。立ち止まりながらでいい。丁寧で透明性のある議論を求めたい。

21億人の大移動　1・21

あすは中国で旧暦の元日にあたる春節である。この節日がいかに中国人にとって大切なものか。小説『駱駝祥子《ロートシアンツ》』で知られる作家の老舎は、1951年の『北京の春節』という小文でいとおしさを込め、書きつづっている。

除夕《チューシー》と呼ばれる大みそかの夜、爆竹が激しく鳴り響く。誰もが着飾って帰郷して来る。家族がにぎやかに囲むのはごちそうの食卓だ。ただ、一夜明けると喧騒《けんそう》は静寂へと一変する。道に残るのは爆竹の燃えかす。「街全体が休むのだ」

そんな大事な祝日が今年はさらに特別感を増している。去年おととしとゼロコロナ政策の行動規制で帰省できなかった人たちが3年ぶりの故郷を楽しみにしているからだ。のべ21億人もの大移動になるという。

新年快楽。兎年大吉。感染拡大の懸念もあるが、SNSではうれしそうな言葉が飛び交う。鉄道の切符やペットの世話の手配などに追われている人も少なくない。いずこも庶民の帰省は似たようなものか。

日本は明治以降、旧暦をほぼ使わなくなった。でも複数の暦が使われる国は珍しくない。韓国やベトナムも旧正月を祝う。ユダヤ暦や仏暦もある。異なる時の刻みのなかで人々が暮らすのが国際社会の現実なのだろう。

老舎は文化大革命で迫害され、自死した。こんな記述も残している。春節で「刃物は不吉なので使わない。それは迷信とはいえ、私たちが平和を愛することを表している」。この思いに共感しつつ、新しき年が誰にとっても平穏安寧であるよう願う。

若者たちの「折々のことば」 1・22

10代の頃を味覚にたとえるなら、どんな味になるのだろう。甘酸っぱさか、ほろ苦さか、汗と涙の塩からさか。見えない壁につき当たり、自分とは何かと悩む日々。だからこそ、舞い込んできた一片の言葉に支えられることがある。

中高生による「私の折々のことばコンテスト」に約2万6千編が届いた。入賞作を先ごろ紙面で紹介したが、佳作にも捨てがたいものがある。

高校2年の川﨑凛《りん》さんは、テスト漬けの生活に「疲れた」が口癖になっていた。そんな時、部活にも勉強にも打ち込む友人が笑顔で〈もうほんとに死にそー！　でも忙しいってしあわせ！〉。世界がぐるりと変わったという。そう、全力でがんばれるって、なんと素晴らしいことだろう。

中学2年の當仲《とうなか》凛己《りき》さんは、テニスの試合の前に兄がくれた言葉を挙げた。〈負けた時の言い訳をゼロにする事がスタート地点〉。道具の手入れや体調管理など、準備の大切さを教わった。言い訳を重ねて「負けたのは実力のせいではない」と自分を甘やかしたくなるのは、若者ばかりではあるまい。

完璧をめざしすぎて、絵も音楽もあきらめたという中3の真崎海京《まざきうきょう》さんは、芸術家・岡本太郎の著書にあった〈自分を笑ってごらん〉にハッとした。笑ってしまうほど不器用な人が情熱をそそいだ作品にこそ、手作りの喜びは宿るのだと。

サイダーのように爽やかな一言でもいい。濃いコーヒーのように苦い一言でもいい。胸にしみわたる言葉に、若者たちが出会えますように。

きょうから通常国会　1・23

かつて人気を博したNHKのラジオ番組「日曜娯楽版」でコントが放送された。「おい、戦力のない軍隊ってあるかね?」「そりゃあ、あるだろ、政治力のない政治ってのがあるんだから」。70年ほど前の一幕である。

やり玉にあがったのは、のちに自衛隊となる保安隊の性格。戦力不保持をうたう憲法にたがうことはございません、という政府を皮肉った。戦後日本では、なし崩し的に再軍備が進められ、日米安保条約の発効や米軍の駐留継続へつながっていく。いまの安全保障政策の始まりである。

1952年1月23日。条約発効の年にあたって、吉田茂首相は施政方針演説でこう述べた。防衛費などで「支出は相当に増加する」が、財政の規模は「あくまでも国民経済力の限度に適合したものにとどめたい」。身の丈にあった、という意味であろう。

さて同じ日付のきょう、岸田首相の演説で通常国会がスタートする。焦点の一つは、やはり安保政策だ。政府は防衛支出を大幅に増やす方針だが、わが国は借金大国で、債務残高の対GDP比は世界最悪水準にある。果たして身の丈にあっているのか。

米国との軍事一体化は強まり、敵基地攻撃能力を持つようになる。それでも平和国家という理念にたがうことはございません、という首相をそう易々《やすやす》と信じていいものか。

先の番組の台本にはこんなのもあった。男「国民よ、ただ政府を信頼せよ。信ずるものは幸いなり。信ずるものはすくわれん」。別の声「足許《あしもと》をすくわれん」。

八甲田山の悲劇　1・24

行軍の兵隊たちが、猛烈に吹き付ける雪の中をさまよう。耐えがたい寒さと疲労と睡魔に襲われ、脱落者が出る。「彼等は歩きながら眠っていて、突然枯木のように雪の中に倒れた。二度と起き上れなかった」

作家・新田次郎の『八甲田山死の彷徨《ほうこう》』である。小説のもとになったのは、旧陸軍が日露戦争に備えておこなった訓練での出来事だった。青森歩兵第5連隊の210人が参加し、うち199人が亡くなる惨劇となった。

一行が遭難状態に陥ったのは、1902年のきょう1月24日。かつて経験したことのない寒気だった、という古老の言葉が、のちに連隊がまとめた記録「遭難始末」に残されている。気温は各地でも急速に下がり、翌25日には零下41度という観測史上の最低気温が北海道・旭川で記録された。

警報級、この冬一番の、類を見ない……。さまざまな枕ことばをともなって、大雪や強風に警戒するよう呼びかけが繰り返されている。26日にかけて列島は強い寒波に襲われるという。被害が出ないことを祈るばかりだ。

「水道管が凍らないように」「凍った道はすり足で」といった注意は、雪国の皆さんにはいまさらであろう。とはいえこの寒波、どうやら都市部にも雪を降らせかねないらしい。念には念を入れたい。

北海道や東北などでは、樹木が厳しい寒気にさらされると、中の水分が凍り、はじけた音をたてて幹が裂けることがある。凍裂という。寒さに悲鳴をあげたくなるのは、人間ばかりではないらしい。

2023・1月

細田議長の三段跳び　1・25

ホップ・ステップ・ジャンプのことを「三段跳び」と命名したのは、朝日新聞ＯＢの織田幹雄さんだった。１９２８年のアムステルダム五輪で15メートル21の記録を出した。日本人で初の金メダリストである。

「三回跳び」と名付ける案もあったそうだ。しかし同じことを3度繰り返すように見える、と陸上連盟の役員会で反対があった。「三段なら前に進むということになる。三段のほうがいいじゃないか」。そう決まったと『わが陸上人生』でふり返っている。

旧統一教会との関係について、きのう細田博之・衆院議長から説明があった。これで3度目だ。だが、これまでとほぼ同じ内容の繰り返しに終わり、大きく前に進んだようには思えなかった。疑問の解消にむけてホップ・ステップ……どころか、着地すべき砂場のはるか手前で終わった感がある。

そう見えるのは、細田氏が「説明」の名に値しない対応を繰り返すからだ。1度目は、Ａ４判1枚のコメントが配られただけだった。2度目は2枚になった。今回の説明も、非公開の場で国会議員へおこなわれた。この間、本人が語る場面をついぞ見たことがない。

そこまで記者会見をしたくないのは、教団と深いつながりがあるのか。よほど議長席の座り心地が素晴らしいのか。別の何かがあるのか。勘ぐりたくなる。

三段跳びの選手権ならば、代表選手らしからぬ不真面目なふるまいに、観客席からブーイングのあがる場面だろう。議長に送り出した自民党からは聞こえてこない。

「優しく強く」の5年半　1・26

きのう首相の座を降りたニュージーランドのアーダーン氏が昨年4月に来日した際、単独会見する機会があった。それまでも、毎日のように会見やメッセージのライブ配信を見ていたので、初めて会った気がしなかった。

地域安全保障から始まり、政治家としての信念に話が及ぶと「首相になっても価値観は変えたくない」と言い切った。自分の娘には「人に優しく」と教えながら、政治家として無慈悲にふるまうのはおかしい。優しさと強さは両立するはずだと。指定時間を超えて語り続けた。

突然の辞任表明で「十分な余力がない」と話す姿に、「優しく強く」あり続ける難しさを思った。イスラム礼拝所の銃乱射事件、火山噴火、新型コロナと、危機対応に奔走した5年半だった。就任の翌年に出産し、働く女性リーダーとしても世界から注目された。一方で、国内では住宅や物価の高騰などへの不満が高まり、支持率が低迷した。国内外での評価の差に悩んだこともあっただろう。

気になるのは最近、地元の研究グループが発表したヘイト問題に関する調査結果だ。匿名性の高いSNS上で、2年ほど前からアーダーン氏らへの暴力をあおるような発言が急増しているという。寛容さや多様性を重んじてきた国でも分断が進んでいるのか。

かつては9割がコロナ対策を支持し、2年3カ月前の総選挙も圧勝したのだ。世論とはかくも厳しく、移ろいやすいものなのか。「政治の世界で、1週間は長い」とはよく言ったものである。

マフィアの伝達手段　1・27

小さな紙片に麻薬取引の指令を書き、何度も折りたたんでテープで巻く。町のパン屋から雑貨屋へ、さらに通行人へと、未開封のまま次々に渡っていく。時には岩の下などに隠して非対面の授受も。最後に受取人が手にしたときはもう、経路は特定できない。読むとすぐに燃やす。

これは、イタリア・シチリア島のマフィアが使う伝達法だ。スマホ時代に古臭く感じるが、以前にローマで取材した警察官は言った。「通信傍受できず、監視カメラでもたどりにくい。一番足が付かない方法だ」

マフィアの紙片を思い出したのは、関東地方などで発生した強盗事件の報道を見たからだ。殺害まで犯す残虐さに怒りと恐怖を覚える。実行役らへの指示には、匿名性が高いＳＮＳ「テレグラム」が使われたという。

高度な暗号化機能で、一定時間後にメッセージを自動消去できる。指示役はフィリピンにいるとされるが、証拠が残らぬように闇バイトらへ連絡するにはうってつけのアプリだ。進化する通信技術を使った犯罪と捜査の網は、いたちごっこの様相を強める。

このテレグラム、もとはロシア発だが、利用者は世界で7億人を超えたという。ロシアによるウクライナ侵攻後、両国政府が大統領発言の発表や動画投稿などに使っており、一気に知名度が上がった。

シチリアでは先日、30年間も逃亡したマフィアの大ボスが逮捕された。8年前の紙片が手がかりになったとか。完璧な秘匿性などない。日本の事件でも「穴」はあるはずだ。

公用車で土産を買う　1・28

歳暮に中元、誕生祝い。日本人のプレゼントは30種類にのぼる。平均費用は月約4千円。一番多いのは旅行土産――。1977年12月18日付の本紙に「贈り物と日本人」と題したこんな記事が掲載された。人類学者ハルミ・べフ氏による調査を伝えた。

記事は、日本では職場で土産などを贈り合うことにも触れている。「目上―目下、同僚といっしょに一つのことをやる」ために「濃厚な人間関係を必要とし、贈り物習慣を発達させてきた」との分析が興味深い。

それから46年。相変わらず日本人は土産が好きなのか……では済まない「お土産ショッピング」問題が浮上した。渦中にいるのは、岸田首相の長男で政務秘書官を務める翔太郎氏(32)。今月、首相の欧州・北米歴訪に同行し、パリやロンドンで公用車を使い土産を買ったという。

首相周辺は、土産を買うのは「秘書の業務の一つ」と説明しているそうだが、大いに疑問だ。秘書官就任時、身内びいきではないかという批判に首相は「適材適所」だと主張した。土産選びが上手な秘書官ということなのか。

翔太郎氏が買った土産がもし議員らへの私的な贈り物なら、首相の自腹であっても公用車を使ったのは筋違いだ。そもそも土産とは、共同体で積み立てた金で代表が旅をし、お守りやお札を持ち帰った名残だという説がある。

首相が帰国後に配りたいなら、相手は全国民であるべきだ。それは茶や菓子ではなく、暮らしを良くする諸政策であり平和のための外交成果である。

鈴木邦男さん死去　1・29

三島由紀夫が東京・市ケ谷の自衛隊駐屯地で自決する約3年前、１９６８年1月のことだ。朝日新聞に三島は寄稿をした。書き出しにはこうある。「実は私は『愛国心』という言葉があまり好きではない」

割腹事件で右翼から英雄視された三島だが、国家が愛国心を煽《あお》るような動きには嫌悪を感じていたらしい。「この言葉には官製のにおいがする」と断じ、「どことなく押しつけがましい。反感を買うのももっともだと思われるものが、その底に揺曳《ようえい》している」と記した。

当時、右翼活動をしていた、ある学生は反感を抱いたそうだ。「三島さんも困るよなあ、こんなふざけた文章を書いて」。後に新右翼団体「一水会」をつくった鈴木邦男さんである。愛国心の教育が強制でも必要と思っていたという。

その後も君が代を1万回以上歌い、日の丸も1万回以上掲揚したという鈴木さん。自分は誰よりも愛国者だとの強い自負がある一方、「いまは、三島の言ったことがよくわかる」。２０１６年の著書『〈愛国心〉に気をつけろ！』でそう書いている。

近年は裏切り者との非難も受けた。「自由のない自主憲法よりは、自由のある押しつけ憲法を」「国家が思想を持つとロクなことにならない」などの発言を重ねたからだ。自宅への放火もあった。

愛国とは、何か。「僕は、自らを振り返って、〈愛国心〉の危うさ、愛ゆえの暴走が起きることを実感している」。右や左といった思想の枠に収まらない異色の言論人が逝った。79歳。

＊1月11日死去、79歳

最近よく見る乗り物　1・30

ご存じ孫悟空の魅力は雲に乗り思うがままに大空を駆け巡ること。「十万八千里さきまで飛んでいけるぞ」。術を教えた師匠は言った。「げんこつをにぎりしめ、からだをひと揺すりしてから跳びあがり、ひとつ觔斗《とんぼがえり》するのじゃよ」（中野美代子訳『西遊記』）。

はるかかなたへ、ひとっ飛び。かの有名な勸斗雲の術だ。ここから転じ、いまの中国で「十万八千里」はとにかく遠くを示す言葉になっているとか。

そこまでとは言わないものの、何とも解放感のある乗り物である。街中で最近よく目にする電動キックボードに乗ってみた。スマホで手続きし、軽く助走をつけ、親指でアクセルを回す、のじゃよ。走り出すと、ふわっと体が宙に浮くような感じがして心地よい。

ただ、交通量の多い幹線道路ではやはり怖さを覚えた。車や歩行者の視点から見ても、フラフラと横を走る存在は何とも危うい。都心で普及を急いで大丈夫かと心配になる。

利用ルールの分かりにくさも問題だ。ヘルメットが必須な車体とそうでないものが併存し、混乱が生じている。死亡事故も起きており、安全への懸念が募る。それでいて7月からの新ルールでは歩道の走行さえ一部で可能になるというから驚く。

觔斗雲《きんとうん》に乗った悟空は世界のはてまで飛んだつもりでも、実は釈迦如来の手から出ていなかった。自由な走行をおおらかに包み込みつつ、危険を防ぎ、暴走を許さない。魅力的な乗り物だけに、そんな如来の掌《てのひら》のようなルールにはできないものか。

2023・1月

戦争と五輪　1・31

第2次大戦で中断した五輪が再開されるのは終戦から3年後の1948年である。開催地はロンドン。敗戦国の日本も参加を求めた。「恐らく無理だろうとあきらめながらも、心の隅ではオリンピック参加を熱望していた」。「フジヤマのトビウオ」で知られる古橋広之進《ひろのしん》は自伝でそう振り返っている。

でも、期待はかなわず、日本とドイツの参加は認められなかった。手続きの問題が理由とされたが、戦争をめぐって英国の「対日感情のひどさ」があったと日本水泳界のエースは書く。

スポーツはいまも戦争に翻弄《ほんろう》されている。国際オリンピック委員会（ＩＯＣ）が、ウクライナ侵攻で国際大会から排除されたロシア選手らの復帰を検討すると発表した。「国籍だけで選手を締め出すべきでない」という。

非道な侵略の責めを負うのは、プーチン氏ら指導層のはずである。アスリートを含め、個々のロシア市民を制裁で苦しめるべきではないとの考えは理解できる。

しかし、ロシア軍に命を奪われ続けるウクライナの人々が目の前にいる。いまは被害者に向き合うべきときではないのか。せめて戦火がやんでからにしてはどうか。ＩＯＣの視線の先は来年のパリ五輪のようだが、どこか浮世離れした議論に思えてならない。

五輪に参加できなかった古橋はさぞ悔しかったろう。だが、その感情をのみ込み、これを「敗戦国の宿命」と記した。彼ならいま、ロシアの選手にどんな言葉をかけるだろう。ウクライナの人々に何と言うだろう。

2023

2
月

スーチー氏の旅　2・1

小説家カポーティの『ティファニーで朝食を』に登場するヒロインは、いささか風変わりな名刺を自宅アパートの郵便受けに貼っている。「ミス・ホリデー・ゴライトリー」と書かれた名前の下には住所ではなく、こうある。「旅行中」

東南アジアの一隅に生まれた一人の少女はそんな自由奔放さにあこがれたそうだ。「ひとところに安住しない生き方は、すてき」。英国に留学し、異国の伴侶を見つけ、各地を転々とした。だが、やがて彼女の考えは変化する。「旅が人生ではなく、人生こそが旅なのだ」。アウンサンスーチー氏(77)は自著『新ビルマからの手紙』で記している。計15年に及ぶ自宅軟禁の間も意識は世界を巡った。自分はとらわれの身であっても「旅行中」なのだと感じたという。

ミャンマーの軍事クーデターからきょうで2年。2016年以降の民主政権を率いてきたスーチー氏は再び自由を奪われ、計33年の禁錮刑が科された。国軍の弾圧で殺された人は2900を超え、1万3千人が拘束されたままだとも。改めてその非道さに言葉を失う。

悪化する治安、低迷する経済。抗議デモに参加した若者のなかには絶望して国を出る人も多い。

2023・2月

「民主化に向かって進んでいた、かつての明るさはもうない」。本紙特派員が書いていた。スーチー氏は平和を求める人は誰もが「救いの星に導かれる砂漠の旅人」なのだと言った。ミャンマーの人々の苦難の旅は続いている。そのことを忘れたくない。同じ、旅人として。

テレビ放送70年　2・2

ある俳優がNHKの時代劇に出た。テレビ草創の頃である。出演料の入った封筒を本番の直前にもらい、胸元におさめてカメラの前へ。当時はドラマでも何でも生放送だった。やり直しはきかない。

忍者役でバッサリと切られて、駆け寄った味方に虫の息で告げる。「密書を殿へ」。ふところから味方が紙をとり出す。カメラがぐっと寄る。映ったのは、さっきの封筒だった。「それは拙者の扶持《ふち》でござる。密書はもっと奥……」

黒柳徹子さんが著書『トットチャンネル』でふり返っている。まじめにやっているのに毎日がドタバタ。そんなふうに生まれたテレビがいつのまにか年を重ね、きのう放送開始70年を迎えた。古希を祝いたいところだが、こんな数字もある。

ＮＨＫ放送文化研究所の調査によると、10代は平日にテレビを平均1時間も見ない。それどころか、半数はまったく見ないというから驚く。かわりに増えているのがネット動画の視聴だ。

わが昔を思えば、テレビを見ない日など考えられなかった。明日は「ザ・ベストテン」があるから木曜だと、曜日を確認するのも番組頼みだった。プロ野球中継を見たい家族とのチャンネル争いには、いつも負けた。

とはいえ、居間に皆が集まって同じ番組を見る光景は、家族だんらんの一つの形ではあっただろう。ネット動画ならば、好きなものを好きな時に見られる。一人ひとりが顔も合わせずに、別々のスマホで。ホームドラマの作り手には何ともやりにくい時代になった。

「ただいま」　2・3

玄関を開けて、まだランドセルも下ろさぬうちだろう。〈ただいまぁ／あのね　きょう学校でね／あのね　きょうお休みの人はね／あのね　きょうのきゅうしょくはね〉。

作者は小学1年生だった水本有紀さん。約20年前に本紙地域面に載った詩である。大好きな家族に伝えたいことや尋ねたいことがあふれ出す。〈お母さん／きょう　どこ行ったん／きょうなにしてたん／きょう　なに買ったん〉。

学校から戻った子どもたちが、ほっとひと息つく。そんな瞬間が狙われた。複数の女児に性的暴行をしたとして26歳の男が先月までに大阪府警に逮捕・送検された。下校する後を追って一人で留守番する子を探し、玄関を開けたところを襲ったという。「成人だと通報されるかもしれないと考えた」と供述していた。

卑劣さに言葉もない。抵抗できない者を狙う輩《やから》は過去もいた。退散させるには、家に誰もいなくても、帰宅した子どもに「ただいま」と言わせましょうと警備会社が紙面で勧めていた。家族がいるように思わせるのだという。

家の奥に自分の声が消えていく子どもの気持ち。その寂しさを思って胸を痛めるのは、他ならぬ親であろう。一方、いまや共働きの世帯が専業主婦世帯の倍以上ある。「お帰り」と迎えられぬ身で、出来る対策はしなければと思うのもまた親心である。

「ただいま」は親子の心をつなぐスイッチである。その言葉を、身を守るために使わねばならない。寒々とするのは冬のせいだけではあるまい。

日本人の名前　2・4

作家の開高健はペンネームではなく、これが本名である。エッセーで「めったにない名だから子供のときからイヤな思いばかり味わってきた」と回想している。ヒラキダカ、カイダカと呼ばれることが多かった。

スランプに苦しんでいた頃に、こんな話を聞いたそうだ。ある若者が著書を手にとった。鼻歌まじりで、やはり「カイタカケン」と繰り返す。そのうちに若者は「カイタ・カケン」「書いた？書けん！」。一本とられたと記している。

親からもらった名前への思いやエピソードは百人百様だろう。その命名時の読み方に、今後は一定のルールが課されるらしい。法制審議会の部会が、戸籍法改正の要綱案をまとめた。関心は、いわゆるキラキラネームをつけにくくなるのかだ。

ただ、名前の読み方については、要綱案が「一般に認められているものでなければならない」とする一方で、法務省は「柔軟に受け入れる」とも言う。鬼の面から仏の声。どちらが正体か、何とも言いがたい。

2023・2月

許容範囲の目安が示されるそうだが、一件落着とはなるまい。紙面で例示された「海《マリン》」「光宙《ピカチュウ》」「太郎《マイケル》」の三つについて、どう受け止めるか。世代でも異なるだろう。事例を重ね、落ち着きどころを探るしかない。

こんな悩みが生じるのも、元をたどれば、漢字に音訓という複数の読みをあててきた日本語の豊かさゆえだ。かの開高《かいこう》氏の名前も、正しくは「タケシ」だが、「ケン」と署名することも多かったそうだ。いやはや名前は難しい。

「国を捨てる」とは　2・5

英作家のカズオ・イシグロ氏は6年前、ノーベル文学賞の受賞講演で自らを「フェミニズムや同性愛者の権利、人種差別との闘いで大きな進展を見た世代だ」と語った。だが近年は、差別主義などが「埋もれた怪物のように文明社会の地下でうごめいている」と。

これは、永田町でうごめく価値観なのか。性的少数者や同性婚をめぐって差別的な発言をした首相秘書官の荒井勝喜氏がきのう、更迭された。言ったとされる「見るのも嫌だ」等々の言葉は、一般感覚とずれている。

なかでも「国を捨てる人が出てくる」には、衝撃を受けた。同性婚を法制化したら、反対者が日本を離れると、本気で考えているのか。しかも、そんな人物が岸田首相の演説を書いていたとは。肩書と比べ、発した言葉の薄っぺらさに驚く。

同性婚を認めない民法などの規定を違憲か違憲状態とする判決は、この2年間に地裁のレベルで二つ出ている。それなのに国会が無策だから、苦しんでいるのだ。逆に日本を離れ、海外で結婚届を出す同性カップルもいる。

世界には、母国を去らざるを得ない人々もいる。独裁政権に抵抗して、身の危険が迫った人。内戦のために、命がけでボートに乗った人。「国を捨てる」発言は、懸命に生きるさまざまな人を侮辱している。

イシグロ氏は、未来は不確かだが「多様であれ」と最後に呼びかけた。そうすれば次の世代が大切で素晴らしい物語を伝えていくはずだと。いまの日本の指導者たちでそれができるだろうか。

少子化対策で見えないもの　2・6

昨年に生まれた赤ちゃんの数が、初めて80万人を割る見通しだ。エンゼルプランや子ども・子育て応援プラン。政府は30年以上も少子化対策を打ち続けてきたが、うまくいかなかった。今度こそ本気だというが、どうか。

少子化問題を語る際に必ず出てくるのが「1・57ショック」だ。一人の女性が生涯に産む子の数を示す合計特殊出生率が1989年に、それまで戦後最低だった66年の1・58を初めて下回った。この例外的に低かった66年は「丙午《ひのえうま》」で、私が生まれた年である。

出生率グラフでも1カ所だけ深い溝になっている。理由は、根拠のない迷信だ。民俗学者の今野圓輔《えんすけ》によると、60年に1度の丙午に生まれた女性は「七人の亭主を食う」とされたという（『日本迷信集』）。

「丙午の女」である私からみればひどい言われようだが、個人的には嫌な思いをしたことはない。ひとつ前の明治時代は偏見に苦しんだ女性が多く、66年では「愚かな迷信に振り回されないように」と、新聞などが呼びかけた。それでも、出生数は前年比で25％も減った。

89年の「ショック」後も子どもが減り続けるいま、経済支援や雇用の安定化、働き方改革などは不可欠だ。ただ、「リスキリング」や「130万円の壁」の議論では、女性は子育て役で労働力の穴埋めと見るような視線を感じる。

次の丙午は3年後だ。この迷信を知らない世代も増えているだろう。でも、「内助の功」のような古い呪縛が、いまだに残っている気がしてならない。

気象観測か？偵察か？　2・7

いまから63年前、1960年5月1日のことだ。アイゼンハワー米大統領は部下の軍高官から一本の電話を受けた。「偵察機一機が帰還せず、行方不明になったようです」。ソ連上空で極秘任務中のU2偵察機についての報告だった。

米政府はすぐに隠蔽《いんぺい》工作を始める。発表された声明は「民間人が操縦する非武装の気象観測機が行方不明になっている」。だが、ウソはすぐに暴かれてしまう。ソ連が「領空侵犯した米軍機を撃墜した」と公表し、生き残った米飛行士が偵察を認めたからだ。

冷戦時代である。米ソ関係はこじれ、首脳会談もとりやめに。アイゼンハワーはのちに回顧録で書いた。「われわれの犯した大きな間違いは、誤った作り話を時期尚早のうちに発表したことだった」

さて、今度はどちらの言っていることが真実なのか。怪しげな気球が米上空で見つかり、撃墜された。米側は「中国の監視用気球」が領空を侵犯したと非難する。一方の中国は「気象などの科学研究に使われる民間のもの」と反論している。

2023・2月

諜報《ちょうほう》の話はどの国も手の内を明かさないものらしい。重大な事実がまだ隠されているのではとの疑念も浮かぶ。そもそも古くから気球は軍事と密接に関わってきた。ナポレオンも気球偵察をしていた。日清戦争で旧日本軍はフランスの偵察用気球を取り寄せて研究したとか。

冷戦の歴史が繰り返されるのは見たくない。不信の連鎖が軍事的な緊張を高めはしないか。不安定に揺れる米中関係の現実を憂える。

13歳の女流棋聖　2・8

朝起きて、遊んで、笑って、叱られて。子どものころはあんなに長かった1日が、最近は駆け足で過ぎ去っていく。時計の刻み方は同じはずなのに、時の流れの感じようはそれとは異なるものらしい。

この人の場合はどんな時間のなかにいるのだろうか。中学生の囲碁棋士、仲邑菫《なかむらすみれ》さん(13)が女流棋聖戦を制し、初のタイトルを手にした。史上最年少での快挙である。しかも10歳でのプロデビューから、わずか3年11カ月でのスピード昇格というから驚く。

ただ、大人の感覚とは違い、本人にとっては案外と長く、濃密な時間だったのかもしれない。

何しろ彼女の人生のほぼ3分の1に相当する年月である。担当記者によれば負けた対局の後は幾度となく悔し涙を流し、次局の研究にひたすら打ち込んでいたそうだ。

囲碁界では「12歳の1年は成人の5年」との言葉も聞かれる。先行する中国や韓国に追いつこうと日本でもトップ棋士の若年化が急速に進む。3年前には史上初の10代の名人が登場した。仲邑さんに続こうという幼少の天才たちは少なくない。

幕末に「碁聖」とうたわれた本因坊秀策は幼くして江戸に招かれ、10歳で初段になっている。若き天才の発掘は歴史回帰の側面もあるのだろう。一方で、早すぎる英才教育だとして弊害を懸念する声もある。

年下の棋士はどんどん入ってくると思うので、尊敬されるような棋士になりたいです」。はにかみ笑顔と鋭きまなざしを持つ女流棋聖はおとといの会見でそう言っていた。

元首相の回顧録　2・9

きょうは何の日か。おそらくご存じない方も多いと思うが、2017年2月9日、本紙に一本の記事が掲載された。「金額非公表、近隣の1割か／大阪の国有地、学校法人に売却」。森友学園をめぐる一連の問題の初報である。

あれから6年。なぜ国有地が8億円も不透明に値引きされたのか。財務省による公文書の改ざんはなぜ、いかに行われたのか。いくつもの疑問が残ったまま、真相はいまだに闇の中にある。

「私の足を掬《すく》うための財務省の策略の可能性がゼロではない」。最近出版された『安倍晋三　回顧録』で、元首相のこの問題に対する発言を読んだ。公文書改ざんに「そこまで官邸の目は届きません」と語る安倍氏。「仮に官僚が忖度《そんたく》していたとしても、忖度される側の私は、分からないでしょう」

まるで悪いのはすべて官僚であり、自らは被害者であるかのような言いぶりに驚く。首相は行政の長だ。自分で積極的に調べなかったのかと問われると「確かに、調査機関を設置する手もあったかな」。自殺者も出ているというのに、何ともその言葉の軽さよ。

この機に改めて再調査を求めたい。岸田文雄首相もかつては「さらなる説明をしなければならない課題だ」と言っていた。まさかお忘れではあるまい。同省理財局長だった佐川宣寿《のぶひさ》氏は口をつぐんだままだ。

きのう大阪・豊中を訪ねた。森友学園が小学校を開く予定だった国有地を見る。誰に使われることもなき地で、生い茂る雑草がザザザッと風に揺れていた。

内戦の街を襲った大地震　2・10

「本当におぞましいことだけど、子どもより先に死ぬことができた母親をうらやましく思ってしまった」。ワアド・アルカティーブ監督は幼い我が子を抱きしめながら静かに言った。シリア内戦の惨状を伝えるドキュメンタリー映画『娘は戦場で生まれた』の一場面だ。

彼女の夫が医師を務めるシリア北部アレッポの病院には、血だらけの人々が次々と運ばれてくる。絶え間なく聞こえる爆撃の音。死んだ子どもの横で泣き叫ぶ母親。「こんな事態を世界が黙って見ているなんて思いませんでした」とワアドさん。

トルコ南部を震源とする大地震で隣接するシリアにも深刻な被害が広がっているという。10年以上も続く内戦の死者は民間人だけで30万人と言われる。空爆で街を破壊され、数百万人が避難生活を強いられる地域を、震災という新たな危機が襲ったのだ。

「息子も娘もこの下にいる」。寒さに震えながら、素手でがれきを掘る被災地住民の言葉をAFP通信が伝えていた。「彼らの声が聞こえる。まだ生きている。でも、救い出せない」

政権側と反体制派勢力の戦いが続き、統治が複雑に入りくむ地域だ。国際的な人道支援が全く届かない場所も多いという。人知を超える災害である。何とかならないものか。そんな言葉が思わず口をついて出てしまう。

ワアドさんは地震後、故郷への支援をSNSで訴えた。「助けが何としても必要です。救助、医療、食べ物、避難所がもっと必要です。私たちは何かができるはずです」

地図が好き　2・11

小学生のころ仲が良かった友達に冨永君がいた。彼は地図が大好きだった。私たちは2人で電車に乗り、大きな街の本屋に行って、5万分の1の地図を買った。最初は確か甲府の辺りの地図だった。なぜかはもう覚えていない。

そこから北を私が、南を冨永君が買い集めた。彼の地図には市街地の記号がたくさんあった。私のは山ばかり。くねくねした等高線の重なりをじっと眺めた。きれいだねと私が言うと、冨永君もうれしそうにうなずいていた。

そんな古い記憶を思い出したのは、昨年末、国交省の定めるルールが改定され、タクシーに紙の地図を備え付けなくてもよくなったと聞いたからだ。これからはカーナビさえあれば十分らしい。今さらながら紙の地図が減っていく現実を痛感する。

地図好きの人々はどう思っているのだろう。東京・駒沢にあるカフェ「空想地図」を訪ねた。店主の田中利直《としなお》さん(52)が若いころから集めてきた地図や関連書籍など約1200点が置いてある。愛好家たちが集う人気の空間だそうだ。

「どの道がどうやって、どこにつながっているのか。全体像を知るにはやはり紙の方がいい」と田中さん。でも、紙はかさばるし、スマホの地図アプリも便利ですよね。「不便でもいいんです。一枚の地図を前に、延々と語り合うのが楽しい」

目を輝かせ、地図への熱い思いを語る田中さんの言葉を聞きながら、小学生の自分と冨永君がうなずいているのを感じた。きょうはあの伊能忠敬の生誕278年。

米内山明宏さん逝く　2・12

NHK「みんなの手話」で講師をつとめた米内山《よないやま》明宏さんはかつて、使い慣れた手話をろう学校で禁じられた。当時はそれが当たり前だった。みっともないと叱られ、口の形をまねて声を出す訓練を受ける。でも自分には聞こえない。反発から小学5年で声を出すのをやめた。

運命の決断だったというエピソードを記した著書『プライド』で、米内山さんは高らかに言う。「ろう者は、手話という日本語とは異なる言語をもった少数民族のようなものである」。手話の魅力を広めて、ろう者であることに誇りを持とうと説き続けた。ろう社会のカリスマが先月、70歳で亡くなった。

道なき道を切り開いた人生だった。20代で日本ろう者劇団を発足させ、40代では映画「アイ・ラヴ・ユー」の共同監督をつとめた。２００８年には、すべてを手話で教える初のろう学校、明晴学園の開校に携わった。

だから、だろう。「ろう者だから無理だ、出来ないと考える必要は一切ない。壁を乗り越え、打ちやぶり、新しい世界を創造してほしい」。若い世代の背中を押した。

初めてお会いしたのは20年以上前になる。あごひげと、張り出したおなか。視線には、ろうに無理解な社会と対峙《たいじ》する鋭さがあった。同時に、存在感ゆえに人々が集まってくる大きな樹《き》のような人だった。

突然倒れてしまった樹を前に多くの涙が流されただろう。人さし指と親指でしずくをつくり、目から下へ。涙がほおをつたう描写は、「悲しい」という意味の手話になる。

＊1月29日死去、70歳

チョコのラベルをはがしたら　2・14

輸入品のワインや食材の裏側に貼られた日本語のラベルを見ると、無性にはがしたくなる。原産国や材料、輸入者などを表示したその下に「お宝」が隠れていることがあるのだ。生産者のこだわりが書かれた、もとのラベルである。

きのう、輸入菓子を扱う店で「シングルオリジン」のチョコレートを探した。特定の国で生産されたカカオ豆だけでつくり、風味が豊かで欧米では人気だという。人権や環境に配慮した商品もあり、児童労働や森林伐採の問題に関心が集まるなかで「倫理も味も」と求める層に受けている。

バレンタインで混んだ近所の売り場で見つけるのに苦労したが、英国産の板チョコをよく見ると「ペルー産シングルオリジン」の小さな文字が。普段食べるのより数倍も高額だったが、買ってみた。

裏面を覆う日本語ラベルを慎重にはがすと、「奴隷労働なし」「再生紙包装」などのマークが現れた。地球と人に優しいチョコづくりを目指すという創業者の言葉も。口に含むと、カカオの香りがふわっと広がった。

ジャーナリストのキャロル・オフは『チョコレートの真実』で、西アフリカのカカオをめぐる政府の腐敗や低賃金の児童労働の実態を暴いた。甘いチョコには、裏の顔がある。より安くと求める消費者も「公平とは何か」を考えるべきだと訴える。

シングルオリジンでも公正な取引を経たとは限らない。ただ、消費者の意識が「知ること」で変わるなら、大事な情報がラベルで覆われるのはもったいない。

こわごわシーレをみる　2・15

オーストリアの画家エゴン・シーレの絵を初めてみたのは、39年前だった。当時イタリアで高校生だった私はベネチアで開かれたシーレ展へ行き、価値観が変わるほどの衝撃を受けた。前衛的で緊張感に満ちた描線も、わずか28年の生涯も、すべてが驚きだった。

東京都美術館で開催中のエゴン・シーレ展で、久しぶりにまとまったシーレ作品をみた。年を取って、10代のころには心に響いた衝撃が消えていたら。それは杞憂《きゆう》で、自画像や裸婦にまたもや圧倒された。

早熟な天才だったシーレは、「露悪的で非道徳」との批判を受けつつも、多くの作品を残した。だが、第1次世界大戦が始まり、兵役で創作活動が一時困難になる。終戦の直前にスペイン風邪で亡くなった。

その時代をたどるとき、同様に画家を志した一つ年上の独裁者を思わずにはいられない。シーレが16歳で合格したウィーン美術アカデミーを翌年に受けたヒトラーは、2年連続で落ちた。成績表には「才能、貧弱。入試絵画、不可」と記されたという（『わが闘争』訳注）。

ヒトラーは政治の道を選び、壮麗な古典様式の建築に心酔した。ナチスドイツはウィーン芸術の近代的、前衛的な動きを「退廃芸術」だと嫌った。影響は根強く、シーレは死後も長く受容されなかった。

戦争とパンデミックの時代を駆け抜けた彼の評価が高まったのは、この半世紀ほどだ。とんがった芸術が理解されるには、平和が必要なのだ。だからこそ、未来に生きる若者にみてほしい。

99個の風船　2・16

ベルリンの壁が東西ドイツを分けていた冷戦時代の1982年。西ベルリンでのローリング・

ストーンズの屋外コンサートで、色とりどりの風船が空へ放たれた。観客の一人、カルロ・カルゲスさんはふと思った。「風船が東へ流されたらどうなるだろう」

翌年に生まれたのが西独バンドのネーナによる「ロックバルーンは99」だ。原題は「99個の風船」。ギターのカルゲスさんが歌詞を書き、ボーカルのネーナさんが歌った反戦歌は世界中でヒットした。

独語の歌詞ではこう歌う。「99個の風船／地平線へ向かう／UFOだと思った司令官は飛行部隊を送り込んだ（中略）／だれが思っただろう／こんなことになるなんて／99個の風船のせいで」

中国の気球を撃墜した米軍は、その後も国籍不明の飛行物体を三つ撃ち落とした。そんな状況で聴くネーナの曲は、なんともリアルに響く。日本の防衛省も昨日、他国の気球が領空侵入した場合、自衛隊の武器使用ルールを見直す方針を示した。

米政府は三つについては「無害だった可能性がある」とも。だが、得体《えたい》の知れない物体を怖がる人々はSNSで盛んに発信する。大国間の緊張が高まり、ふとしたきっかけで大事に至るかもしれない怖さがある。

曲の誕生40周年となった先月、ネーナさんはSNSで平和のメッセンジャーとして感謝した。歌では最後、99年続いた戦争で廃虚となった世界で「私」が風船を一つだけ見つける。そして

「あなた」のことを考えながら飛ばすのだ。

子どもたちに手を出すな　２・17

地下壕《ごう》で母親に抱かれた赤ちゃん。1人で1千キロを旅した11歳の少年。ロシアによる侵攻が始まってから、ウクライナの子どもたちが置かれた過酷な状況を伝える報道に接してきた。だが、ロシアが「再教育」を目的に多数の子どもを収容しているという報告書には言葉を失った。

衛星画像や証言を調査した米イエール大の報告書によると、昨年2月から少なくとも6千人が、ロシア内やロシアが占領するクリミア半島の43施設に収容されたという。生後4カ月から17歳までのウクライナの子どもたちで、極東へ送られた例もあった。

卑劣なのは子どもの集め方だ。多くは旅費や滞在費などが無料で「楽しいサマーキャンプ」を低所得層の親に訴え、受け入れ後は連絡を絶つ。消息をつかめても引き取りは現地入りした両親のみに限られ、戦時下では困難だ。

子どもには授業や退役軍人の講演で「親ロシア化」を図り、軍事訓練を行う施設も。「親ウクライナ的なので帰せない」と、帰国を却下された少年もいた。ロシア政府が深く関わり、戦争犯

2023・2月

罪の可能性があると指摘する調査結果に、ロシア側は「孤児らのため」などと反論しているという。

戦争で苦しむのはいつの時代も子どもたちだ。まだ柔らかい心身に、愛国心や宗教の上書きを強いる。東南アジアの紛争地では戦闘に駆り出された子ども兵士に会った。

政治に巻き込まれ、親や故郷から引き離されたまま戻るすべもない。そんな悲劇がまだ存在することに強い怒りを覚える。

恐竜のコミュ力は　2・18

コップの水が震え、足音が近づき、最後の「グワー」で恐怖は頂点に達する。30年前の映画「ジュラシック・パーク」は、ティラノサウルスの咆哮《ほうこう》が印象的だ。音響担当が苦心してつくった子ゾウやトラなどの合成音だというが、当時は「これが恐竜の声か」と納得したものだ。

まだだれも聞いたことがない「本物」の恐竜の鳴き声に迫れるかもしれない。そんな期待をさせる研究論文が先日、英科学誌に載った。福島県立博物館や北大などの研究チームにより、世界で初めて恐竜の「のど」の化石が見つかったという。

化石はモンゴルの約8千万年前（白亜紀）の地層から発見され、植物食恐竜の一種ピナコサウルスとわかった。のどの骨の特徴が現在の鳥類と似ており、オウムやスズメのような形状や動きから、鳴き声で意思疎通をしていた可能性があるという。

さらに興味深いのは、求愛や子への呼びかけ、縄張り争いなどの目的で発声したかもしれないという指摘だ。恐竜の鳴き声は仲間同士でやりとりするほど複雑だったのかと、想像がかき立てられる。

鳥類は、恐竜の末裔《まつえい》ともいわれる。米心理学者のセオドア・ゼノフォン・バーバーは『もの思う鳥たち』で、感情や行動、危険などを示す多様な鳴き声を使い分けると書いた。鳥類には高いコミュニケーション能力があるのだ。

動物は、想像以上に意思疎通ができている。人間は言葉も、ＳＮＳなどの発信手段も持つのに、声が届かないと感じることが多いのはなぜだろう。

華僑の知恵に学ぶ　2・19

タッタッタッ。勢いよく階段を駆け上がる足音とともに、男の子が教室に飛び込んできた。

「フー老師《ラオシー》、ニーハオ」。横浜の中華街の一角にある塾「寺子屋」は、近くの小学生ら約15人が一緒に宿題をする学び場だ。

「はい。そこに座ってね」。先生の符順和《ふじゅんわ》さんがやさしく声を返す。79歳。先の戦争のさなかに横浜で生まれた老華僑である。中華学校の教師を長年務めた。子どもに教えるのが好きで、定年後、塾を開いたという。

華僑の歴史を調べ、多くの資料を集めてきたことでも知られる。「こんなおばあさんのところに、たくさんの研究者が訪ねてくるんですよ」。符さんはうれしそうに話した。

父親は広東出身の中国人。母親は新潟出身の日本人で、結婚に反対する親から勘当されたという。就職やビジネスでも、中国人に対する、あからさまな差別がある時代だった。そのころに比べれば「よくなりました」。

日本で暮らす外国人は296万人。うち最多は4分の1を占める中国人だ。摩擦は絶えない。最近も沖縄の無人島の半分を中国系企業が購入し、話題になった。機微に触れるのも分からず、喜々として動画で語る中国人女性の無神経さにはあきれる。不安や不快を覚えた人も多いだろう。

共生の道はどこにあるのか。「私たちは150年かけて日本人との信頼関係を築いてきました。それをもっと知って欲しい」と符さん。冷静に慎重に。難しい関係だからこそ、そんな華僑の知恵に学びたい。中国人も。日本人も。

「はだしのゲン」を読む　２・20

漫画『はだしのゲン』をきのう通読した。小学生のころは怖くて、途中までしか読めなかった。今回は読了したが、正直言って辛《つら》かった。すっと目を通すなど、とてもできない。ページをめくる手が幾度もとまった。涙がでた。

広島市立の小学校で使われる平和教育の教材から『はだしのゲン』が外されることになったという。市教委は漫画の一部を使うのでは「被爆の実相に迫りにくい」からだ、としている。極めて残念である。

「被爆の実相」とは何か。作者の故・中沢啓治さんは「主人公の少年ゲンは、ぼく自身です」と言っていた。実際に目の当たりにした戦争がいかに非道なものだったか。中沢さんが強い怒りを込めて描いた漫画が実相に迫っていないなどと誰が思うだろう。

戦中戦後の混乱した世情を色濃く表す作品だけに、いまの子どもに分かりにくい表現が含まれるとの指摘もあるが、それも史実である。きれいな戦争がないように、教えやすい戦争もありえまい。

2023・2月

『はだしのゲン』は10年前、松江市の小中学校の図書館で自由に読めなくなった。「表現が過激だ」との理由だったが、多くの人が反発し、撤回された。いまやゲンが被爆の伝承の象徴的な存在にあることも忘れないでほしい。

G7広島サミットに向け、岸田首相は「被爆の実相に対する正確な認識を世界に広げていく」と語っている。その言葉が上滑りしないよう切に願う。歴史の実相とは単なる記録ではなく、人の思いが重なる記憶でもあるのだから。

松本零士さん逝く　2・21

映画「さよなら銀河鉄道999」で、主人公の少年・鉄郎と旅をするメーテルが言う。「若者はね、負けることは考えないものよ。一度や二度しくじっても最後には勝つと信じて」。鉄郎はかつての自分自身であった、と漫画家の松本零士さんはふり返っている。

福岡・小倉の貧しい家に育った。18歳で、片道切符と画材を持って夜汽車で上京する。暗い車窓に家々の灯《あか》りが浮かんでは流れていく。「次第に、その光は星の流れへと変わっていった」(『松本零士創作ノート』)。

宇宙戦艦ヤマトなど、生み出した壮大なロマンには、精密な機械の描写がともなった。そしてヒロインの長い髪。テレビで心をつかまれた若者たちは、上映前の映画館に徹夜で並ぶ。アニメが社会現象となる走りだった。

「私の作品に共通するものは『生きることの重さ』である」と語った。つまりは限りある命の尊さや、自由の大切さ、希望の持つ力を意味するのだろう。そうした価値を幼い胸に染みこませてくれたのは松本作品だった、という人は少なくあるまい。最近は、物事を否定したり冷めた目で描いたりするアニメが多いと憂えていた。

「999」というタイトルは、即決だったという。千に一つ足りない。大人になる直前の青春の輝きを愛し、少年の心を最期まで持ち続けた人だった。

きのう訃報《ふほう》に接した。享年85。映画のラストシーンの言葉でおくりたい。「いま一度、万感の思いをこめて汽笛が鳴る。さらば――」。一つの旅が終わった。

＊2月13日死去、85歳

憲法9条と敵基地攻撃論　2・22

国会でのやりとりを見聞きしていて、どうも腑《ふ》に落ちない。憲法9条と敵基地攻撃能力の関係についてである。自衛のためならば、ミサイルを撃ち込んでも「憲法の範囲内だ」と岸田首相は昨年来、繰り返している。本当だろうか。

根拠にあげられているのは、1956年の政府見解だ。たしかに当時の鳩山一郎首相は国会で「座して自滅を待つべしというのが憲法の趣旨だとは、どうしても考えられない」との見解を示し、理論上は敵基地攻撃を出来るとした。

だがこれには、仰ぎ見るほどの高い関門がある。鳩山氏は同じ答弁で、実行できるのは「他に手段がない」時だけだ、とも言っているからだ。国連も助けてくれない、日米安保条約もない、救いの手が全くない。そんな場合だと政府はその後、説明してきた。

いま国連は存在する。何より5万人超の在日米軍がでんと駐留している。世界各国の中で最も多い。築きあげてきた見解と違うじゃないか、と野党が先日の国会で問うた。すると岸田首相は、いまや米軍に依存せずに「自ら守る努力が不可欠だ」と答えた。

ならば、政府は憲法解釈を変えた、と考えるのがふつうだろう。だが、首相は「変更しておりません」。出来の良くないロボットの不条理な応答を聞くようで、まったく理解に苦しむ。単に憲法の議論を避けたいだけではないか、と疑いたくなる。

国家権力を縛るための憲法の解釈を、時の政権が勝手に曲げる。そして曲げたことすら認めない。罪は二重に重い。

チャットGPT　2・23

ある大学生が小説の校正作業のアルバイトに採用された。先方は生身の作家ではなく、人工知能（AI）。やりとりを繰り返すうちに相手の「意識」を感じ始めた。確かめようと訪れた現場で見たのは……。

葦沢かもめさんの『あなたはそこにいますか?』。ショートショートの名手、星新一の名を冠した文学賞で昨年、優秀賞になった。葦沢さんは、現実にAIを創作の一部に取り入れており、締め切り直前の3週間で101編も作ったうちの一つというから驚く。

こうした手法が更に広がるのか。対話型AI「チャットGPT」が話題だ。パソコンで質問す

2023・2月

ると、じつに自然な長文が返ってくる。膨大なデータから関連性の高い単語を並べる仕組みで、脚本づくりへの活用も見込まれている。

美空ひばりの歌声をＡＩが再現し、ゴッホ風でもミュシャ風でも注文どおりの絵をＡＩが出力する時代である。小説やコラムが例外なはずはない。とはいえ、日々もだえながら小欄を書く身とすれば、心穏やかでいられない。

冒頭の大学生が、小説の中で気持ちを代弁してくれている。創作活動で大事なのは何かを生もうとする意志であり、確率論からＡＩがつなげた単語の列は「小説における表現ではない」「何でもいいから、楽をしたい。それは創作活動に対する心構えの欠如だ」。

拍手を送りかけた時、葦沢さんが執筆の過程をネットで公開しているのを見つけた。目が丸くなった。まさにこのセリフ、ＡＩの力を借りて書いたそうだ。

ウクライナ侵攻1年　2・24

旧ソ連のフルシチョフ第一書記は１９５６年の党大会で、独裁者スターリンを名指しで批判した。専横ぶりを糾弾する演説に聴衆から声があがった。「その時あなたは何をしていたのですか」

フルシチョフがにらんだ。「いま発言したのは誰か。挙手していただきたい」。誰もいない。フルシチョフは言った。「いまのあなたと同じように、私も黙っていた」。川崎浹《とおる》著『ロシアのユーモア』が伝える小話だ。

自由のない社会では、為政者の言動に沈黙で応じるばかりか、称賛の拍手を送らねば身の危うい時もある。「戦争を始めたのは（西側の）彼らである」。戯言《たわごと》としか思えないプーチン大統領の年次教書演説を、神妙に聴くロシアの人々の映像を見た。その心中には何がよぎったのだろう。

ウクライナ侵攻から今日で1年。ゼレンスキー政権を転覆させるというプーチン氏のもくろみは失敗し、主戦場はウクライナ東部や南部に移った。イジューム、マリウポリといった美しい響きの街の名が、悲しいニュースと共に記憶に刻まれる。そんな1年でもあった。

進軍エリアを色分けした地図を見るうちに、いつのまにかこの戦争を高みから眺めようとしている自分に気づき、恥じ入ることがある。違う。地図に描かれた小さな点の一つひとつに、多くの命の営みがあるのだ。

人々が生死のふるいにかけられ、別離の涙が流されている。忘れてはならない。あなたは何をしているのですか――。プーチン氏に抗議の声をあげ続けねば。

吉川英治と梅　2・25

吉川英治ほど梅を愛した作家はいまい。路地ごしに見える庭木も、ビルの廊下にある生け花も、どれも好みだった。「春さき、梅の花を、チラホラ見かける頃ほど、平和と、日本の土の香を、感じるときはない」（『梅ちらほら』）。

想《おも》いが高じたのか、ほころびかけた紅白を天ぷらにして、ほろ苦さと香りを楽しむ興にも及んだ。その吉川が一時、住んでいたのが、東京郊外のいまの青梅市である。代表作の一つ「新・平家物語」はここで生まれた。

その名のとおり、一帯は明治以前から梅の里として知られてきた。激震が走ったのは2009年。花びらや葉に斑《ふ》が入る病気が国内で初めて見つかった。ウイルスの伝染を防ぐため、梅林から盆栽まで約4万本をやむなく伐採した。再生の植樹が始まったのは、ようやく16年のことである。

きのう現地を訪れた。冬枯れの風景に、鮮やかな点描が色を添えていた。まだ若い枝の先で、凜《りん》と咲く白やピンクの花。頼もしげに見えた。

樹《き》全体でいっせいに咲き誇る感のあるソメイヨシノと違い、梅には一輪一輪をめでる楽しみがある。小さな姿で、春の訪れの近いことを精いっぱい告げているのだろう。吉川の句がある。〈来る人に語りたげなる野梅かな〉。

貧しさから小学校を中退した吉川は、作家として名をなす30歳過ぎまで、職を転々とした。人生の辛酸を知り尽くした人であったからか。実の採れなくなった梅の老木を農家が切り倒そうとすると、無念がり引き取っていたという。

2023・2月

日銀総裁の器とは　2・26

三菱財閥の当主から日銀総裁に転じた岩崎弥之助は125年前、金利政策で圧力をかける政府と対立して辞めた。「衝突の事実世に公表されたり（中略）諸方より留任の勧告を受くるも決して之《こ》れを容《い》れず」（吉野俊彦『歴代日本銀行総裁論』）。憤然とする姿が目に浮かぶ。

岩崎に限らず、戦前は首相や蔵相と対立して辞めた総裁が複数いた。戦後、マッカーサーと折衝した一万田《いちまだ》尚登《ひさと》は、政治家をしのぐ影響力で「ローマ法王」と呼ばれた。抵抗と妥協の歴史は強い矜持《きょうじ》と権力が支えた。

時代が違うとはいえ、近年は比べるべくもない。４月に任期満了の黒田東彦氏は、安倍元首相とともにアベノミクスを推進した。まるで一心同体かのようだった。

政府との距離感を見極めようと、植田和男・次期総裁候補の衆院での所信聴取を見た。政治的圧力に対する覚悟を問われ、無難な答弁でかわした。学者出身は戦後の日本初で、「緩和継続のハト派か、引き締めに転じるタカ派か」と注目した海外メディアは肩すかしを食った。

その場しのぎができない重責である。戦後初の赤字国債が発行されて苦労した宇佐《うさ》美洵《みまこと》は語ったという。「総裁から心配事がなくなることはない。むしろ起こりうるあらゆることを心配しておいた方がよく眠れる」。万事を予想し的確な手を打てれば、まさに神業だ。

コロナやウクライナ危機で揺れるいま、見通しが難しいのは間違いない。圧力から守る神はおらず、市場の複雑な動きを操る魔法の杖もない。

西山太吉さんの遺言　2・27

「問題は実質ではなくＡＰＰＥＡＲＡＮＣＥである」。これが、沖縄返還をめぐる日米間の密約を示唆した部分である。返還を翌年に控えた１９７１年５月、当時の外相と駐日米大使の会談を伝える外務省の電信文だった。

アピアランスは「見せかけ」の意味だ。米軍用地の原状回復補償費を米側が出すふりをし、日本がこっそり肩代わりすることを示す。米国が負担すべき４００万ドルは当時の約12億円だ。毎日新聞記者としてこの極秘文書を入手した西山太吉さんが、91歳で亡くなった。国家公務員法違反で逮捕後に退社したが、メディアは当初は「密約追及」や「知る権利」で論陣を張った。しかし、文書を渡した外務省の女性事務官と起訴状で「情を通じ」と記され、世論の関心がスキャンダルへ移る。報道も、「手のひらを返すように個人攻撃に変わった」。最高裁で有罪が確定。密約を裏付ける米公文書が公開されると、文書開示を国に求め訴訟を起こした。

当時の外務省幹部も密約の存在を認めたが、政府はいまも正式に認めていない。昨年出た『西山太吉　最後の告白』で、事件後の人生を「国家権力そのものと戦ってきた」と振り返った。密約事件と森友問題の共通点を挙げ、「情報の隠蔽《いんぺい》や改ざんはいまだに続いている」とも。

軍国少年だった西山さんは、敗戦後に権力監視が必要だと痛感して新聞記者になったという。国家の秘密事項をしっかり報道せよ。見せかけにだまされるな。遺《のこ》した数々の言葉をかみしめる。

＊2月24日死去、91歳

「ペーパーシティ」を観て　2・28

白髪の男性がじっと一枚の写真を見つめている。黒い血と灰色の粉じんにまみれ、戦場で呆然《ぼうぜん》とすわる少年の写真だ。男性はつぶやく。「私は、同じようなものですよ。着てたコートは焼けあとで、ボロボロで」

公開中のドキュメンタリー映画『ペーパーシティ』の一場面である。副題は「東京大空襲の記憶」。１９４５年3月10日、一夜にして街の４分の１が焼かれ、推定で10万人が殺された。生き延びた人の証言が重く静かに続く。

監督はオーストラリア出身のエイドリアン・フランシスさん(48)。豪州や米国などの連合国側の国で第2次大戦は「グッド・ウォー」と言われてきた。訳せば「よい戦争」だが、そんな単純な話なのか。「東京の街にいた人の話を聞きたかった」

生存者たちは米軍への怒りとともに「国に捨てられた」との無念さを訴えた。日本政府は軍人らに補償をしたが、民間の犠牲者は名前や人数の調査さえしなかった。死者を悼む慰霊碑もつくっていない。

日本も米国も「問題を早く忘れて欲しいかのようです」。エイドリアンさんはチェコ出身の作家ミラン・クンデラの言葉を引用して語る。「権力に対する人間の闘いとは、忘却に対する記憶の闘いにほかならない」

冒頭で紹介した白髪の男性は星野弘さん。映画の撮影後、87歳で亡くなった。写真に写っていたのは内戦下の空爆で傷ついたシリア人の少年だった。不条理な戦火は時を隔て、ところを変えて止《や》んでいない。その現実を改めて心に刻む。

2023・2月

2023

3
月

マスクと卒業　3・1

ユーミンは名曲「卒業写真」で歌った。〈人ごみに流されて　変わってゆく私を／あなたはときどき　遠くでしかって〉。あなたとは誰だろう。かつては憧れの異性のことだと思って聴いた。でも、いまは、18歳の自分だと思う。変だろうか。

旅立ちの季節である。南からの風も春の兆しか。きょうは多くの高校で卒業式が開かれる。聞こえてくるのはマスクをつけるか、外すか。思えば今年の卒業生は、高校時代をまるまるコロナ禍に翻弄《ほんろう》された世代となった。

修学旅行や文化祭もなくなった。授業はリモートに。「世の中は不条理だ」「『当たり前』をやりたかった」「コロナが憎い」。この3年間に本紙に寄せられた高校生の投稿を読みなおすと、やるせない思いが直球で伝わってくる。

もちろん嘆きだけではない。「私たちにしか分からないことがある」と熊本県の18歳は書いた。これまでの高校生にはなかった経験をしたと思って「たくさん感じた不公平というマイナスをプラスに」。

行きたいところに行けなかったこと。したくても出来なかったこと。幾多の残念があっただろう。ただ、それで「可哀想な世代」と言われるのは「少し不満」と岩手県の18歳。「明るい未来を描いていきたい」との気概にエールを送る。

ユーミンが歌ったように、ひとは変わる。卒業して、大人になって。でも、コロナ下での学園生活を悩んだ18歳の自分は消えない。〈あの頃の生き方を　あなたは忘れないで〉。すべての卒業生に、祝福を。

出てこい責任者　3・2

「責任者、出てこーい」。そう聞いて懐かしいと思うのはご年配の方だけだろうか。昭和のお笑い界で一世を風靡《ふうび》した「ぼやき漫才」の決めぜりふ。コテコテの関西弁で世相を笑いとばす人生《じんせい》幸朗《こうろう》さんと生恵《いくえ》幸子さんの夫婦漫才である。

東京五輪・パラリンピックで広告大手など6社が談合をしていたとして起訴された。その規模437億円。何ともひどい話だ。きょうは小欄も人生さん風にぼやきたい。もちろん生恵さん風の辛辣《しんらつ》な突っ込みも入れて。

まあ皆さん聞いとくんなはれ。汚職に続き今度は談合や。不正まみれやないか。わしらの税金ぎょうさん使った大会やで。レガシーとかネッシーとか言うてる場合やおまへんがな。「しょーもないこと、ゆーな」

電通はおわびの紙を出したけど、なんで公の場で堂々と説明せえへんのや。そもそも受注も電通、発注も電通からの出向者や。わけわからんわ。その公益性を何と心得とる。「キザなことぬかすな、このドロガメ」

だいたい五輪を総括するんは検察の仕事やないやろ。組織委は解散しても当時の会長や五輪相はいまもそのへんを歩いとるやないか。なんでしっかり検証しなおさへんねん。誰も責任を感じひんのか。「いつまでぼやいてんねん」

あさって4日は41年前に逝った人生さんの命日だ。漫才では「世の中が私を舞台でぼやかせる」と言っていた。「理屈に合わんことが多すぎる」と。その言にうなずき、ひとり声に出してみる。出てこい、東京五輪の責任者。

ウィシュマさんの映像を見る　3・3

名古屋地裁のレンガ色の庁舎を先週、訪ねた。ウィシュマ・サンダマリさんが亡くなるまでの様子を映した入管施設の映像を見るためだ。手続きをし、裁判所が用意したパソコンの前に座る。見始めてすぐに自分の顔がこわばるのが分かった。

「きょう死ぬ」。彼女はベッドで嘔吐《おうと》し、苦痛を訴えていた。「病院、持っていって。お願い。お願いします」。治療を求めて入管職員への哀願が繰り返される。何度も何度も。衰弱し、声も出せなくなるまで。

まるで暴力なき拷問である。「動物のように扱われた」と遺族が言うのも無理はない。職員らは彼女の横で談笑さえしている。入管全体にそうした異常な態度を許す雰囲気があったのだろう。

権威体制に取り込まれた人間は「自分の行動に責任をとらなくていいと考えるようになる」。かつて米心理学者のスタンレー・ミルグラムは著書『服従の心理』で指摘した。その無責任さが密室での残酷な行為につながるというのだ。

自問する。もし自分がその立場にあったら、どうしただろう。空気に抗し、上司にあらがい、彼女を救えたか。自分も、苦しむ人を前に平気で笑うような人間になりうるのか。想像すると恐ろしくなる。

ウィシュマさんが亡くなってから来週6日で2年になる。彼女の悲惨な死に対し、まだ誰一人としてまともに責任を問われていない。そんな社会は何か間違っていないか。裁判所を出て、暗い気持ちでお堀端を歩く。ほおにあたる風は切るように冷たかった。
＊2021年3月6日に33歳で死亡

100年後の誰かのために　3・4

博物館には「三つの無」という言葉があるそうだ。いわく無目的、無制限、無計画。動物の骨格標本などを収集し、保管するときの理念だとか。解剖学者の郡司芽久《めぐ》さんの著書『キリン解剖記』に教えられた。

「たとえ今は必要がなくても、100年後、誰かが必要とするかもしれない。その人のために、標本を作り、残し続けていく。それが博物館の仕事だ」。現在の基準で役に立つかを判断しない。そんな考えが引き継がれてきたからこそ、郡司さんのキリン研究は成り立っているという。

さて、こちらはどう考えていくべきか。1997年に神戸で起きた連続児童殺傷事件など、重大事件の記録が相次いで廃棄されていた問題である。最高裁が記録保存のあり方を検討している。保存は紙を原則としており、保管場所が足りないのが廃棄の進む理由らしい。電子化を認めても、スキャンに労力がかかるという。しかし、だからといって「原則廃棄」が当たり前という現状にはちょっと待てと言いたい。

裁判記録は「公文書」であり、国民の共有財産のはず。いまは価値が分からない文書も将来、貴重な史料となるかもしれない。無制限とは言わないが、保存の対象を広くとらえ、有効活用していく仕組みが必要だ。

「重要な記録をきちんと保存し後世に引き継ぐ責任は、裁判所だけではなく、社会全体にある」。先日の本紙にジャーナリストの江川紹子さんの話があった。同感。広く議論を進めたい。100年後の誰かのためにも。

85%の価値　3・5

大勢のろう者が手話でおしゃべりする中に一人でいたことがある。線香花火がはじけるように手や腕が動く。近況を伝えているのか、手話の分からぬこちらは立ち尽くすしかない。世界はぐるりと反転し、「障害者」は自分のほうだった。障害って何だろう。

そんな疑問を思い出したのは、井出安優香《あゆか》さん（当時11）をめぐる損害賠償訴訟の判決を読んだからだ。生まれつき難聴で手話も使っていた。5年前、重機にはねられて亡くなった。裁判では、少女が将来得たはずの収入が争点となった。

ご両親は健常者と同じ額を求めたが、大阪地裁は労働者平均の85％とみなした。わが子の命を数字に置き換えねばならぬ悲しさ、安く算定される悔しさ。ご両親の涙は二つの思いゆえだろう。

判決は、少女に障害があったことを働きにくさの理由とした。でも、働きにくいのは社会にこそ原因がある。障害者が生きづらいのは、世の中が多数派にあわせてつくられているからだ。環境やルールが変われば、「障害」という概念はぐるりと変わる。

絵空事ではない。東京・国立《くにたち》のスターバックスを訪れた。従業員29人のうち聴覚障害者が15人を占め、客は声ではなく指さしや筆談などで注文する。開店から2年以上が過ぎ、すっかり当たり前の光景になっていた。

店員がろう者か聴者か、誰も気にする様子はない。「聴覚障害が労働能力を制限しうる事実であること自体は否定できない」。判決の一節が色あせる未来へ。手がかりは見えている。

宇宙飛行士の卵　3・6

時代を先取りしすぎた偉人には嘲笑がつきまとう。ライト兄弟が動力飛行の夢をかなえて、わずか16年後。米国の研究者ゴダードは、1919年に「超高空に達する方法」という論文を書いた。ロケットで月まで行ける。人々は奇想天外さに肝を抜かれたのだろう。「月男」とからかった。

理論の正しさは歴史が証明した。ゴダードは液体燃料ロケットの打ち上げに史上初めて成功し、近代ロケットの父と呼ばれた。名言を残している。「昨日の夢は今日の希望であり、明日の現実となる」

これをあいさつのたびに引用した生徒会長がいた、というから驚く。中学時代の諏訪理さん。2千倍を超える競争を勝ちぬいて、宇宙航空研究開発機構（JAXA）の宇宙飛行士候補の一人になった。46歳での合格は歴代最年長だそうだ。

高校の卒業アルバムに、もう「仕事場は火星」と書いていたと地元の茨城新聞にあった。宇宙への情熱をちらちらと灯《とも》し続けてきたのだろう。「昨日の夢」を夢に終わらせず、「明日の現実」

までであと一歩に。諦めの文字がにじむわが人生と比べ、まぶしさにそっと目をふせる。そんな働き盛りのお父さんもおられよう。

それにしても宇宙への旅は、かくも人をとりこにしてやまない。ゴダードはこうも言っていた。「星を目指す仕事は幾世代にもわたる。でもどんなに歩みを重ねても、始めのスリルがある」

あすはH3ロケット初号機の打ち上げ再挑戦もある。白煙を吹きあげて空を貫く雄姿を今度こそ。

ハコベのたくましさ　3・7

花粉で鼻をすすりつつ、春色に染まり始めた東京の街中を散策した。紫のスミレに黄色いフクジュソウ、ピンクの早咲き河津桜も。視線を落とすと、ハコベの白い花が街路樹の根元を埋めていた。小さな5枚の花弁が深く切れ込んでいて、さらに極小の10枚に見える。

〈はこべらや焦土のいろの雀《すずめ》ども〉石田波郷《はきょう》。1945年3月10日の東京大空襲で義母らを失った波郷は、翌年に上京してこの句を詠んだ。当時住んだ現在の江東区一帯は「目立つ建物も見当たらぬほど広大な焼け野原だった」という（石田修大《のぶお》『わが父　波郷』）。

大空襲による死者は10万人、焼失家屋は27万戸といわれる。焼き尽くされた大地にハコベが芽吹き、白い花が咲く春先にスズメがついばむ光景が目に浮かぶ。ハコベはヒヨコグサとも呼ばれ、小鳥の好物だ。

〈焼跡《やけあと》に透きとほりけり寒の水〉〈焼跡の春を惜しまむ酒少し〉など、「波郷の焦土俳句」と評されるほど焼け跡を多く詠んだ。全集の解説によれば、結核で入退院を繰り返して「焼跡を詠むしか仕方ないではないか」と語っていたという。

出征したくなかったのも、俳句への強い執着からだ。戦地の中国で軍用鳩《ばと》を扱い、羽の構造や色の呼称を覚えたことが、「惨たる戦争の中で私の得た唯一の美しい記憶」とも明かしている。

色とりどりの春の花でも地味なハコベに心が引かれるのは、焦土でも芽吹いたたくましさのせいか。いま一度見ようと夕方、同じ場所へ戻ると、もう花弁を閉じていた。

「中」から見えたもの　3・8

小欄の担当になって5カ月余り。寄せられた数々のご意見に深謝しつつ、気になっていることがある。女性の私が筆者に加わって何か変わったのか。正直に言えば、わからない。ただ日々、書くべきことは何かを必死に考えている。

行き詰まって手が伸びるのは、駆け出し記者のころから古典文学だ。時代を越えた本質に戻ると、ゼロから出直そうと思える。近年は古典を女性の視線で語り直した小説が盛んだ。読むとなじみの風景が一変し、元気が出る。

「夫はあなたの主人、あなたの命、あなたの保護者、あなたの頭、あなたの君主」。シェークスピアの『じゃじゃ馬ならし』で、従順な妻へ変えられたキャタリーナが他の女性らに説教するせりふだ。これに対し、米作家のアン・タイラーは『ヴィネガー・ガール』で主人公のケイトにこう言わせた。

「『ああ、大丈夫だ』って、男はそう言う。『何もかもうまくいってるよ』って。考えてみれば、女よりずっと不自由なんだよ」。誰にもこびず自立したケイトは、男性社会の矛盾や疑問を見抜いている。

語り直しには、古代ギリシャの叙事詩を女性奴隷の目線で描いた作品などもある。ベテラン作家たちによる力作は、現代社会の不寛容さをもあぶり出す。過去を土台に性差を越えて勇気を与える、こんな文章が書けたらなあと思う。

よろよろと歩いてきたこの5カ月で、確信できたことはある。あとで語り直すためには、いま語らなければならない。国際女性デー、おめでとう。

2023・3月

カラスも驚いた大リーグ　3・9

「昼寝鴉《ひるねがらす》の胆《きも》を奪へば喝采暫《しば》らくは止《や》まずワッワッと騒ぐのに独《ひと》り船来庄之助の眼《め》は球《ボール》のよそに外れない」。威勢がいい講談師の語り口のようだが、実は朝日新聞の記事である。1913年、初めて本格的に大リーグの一流選手らが来日して試合を行った。

昼寝中のカラスも驚いたのは、大リーガーが場外へ放った本塁打だ。「船来庄之助」は外国からの相撲行司、つまり米国人の野球審判を指す。この「世界周遊米国大野球団」を企画した一人は、当時のニューヨークジャイアンツ監督のジョン・マグロー氏だ。

ヘミングウェーの『老人と海』で「一番すばらしい監督」と呼ばれたマグロー氏は近代野球の創始者とされ、厳しい指導と激しい性格で知られた。チームを躍進させて名声と富を手にすると、今度は外へ目を向けた。

世界を回って野球の魅力を伝えたい。マグロー氏が率いた110年前の大野球団は、日本の後もアジアやアフリカ、欧州で歓迎された。彼の野望は、いまの大リーグ機構の世界戦略に通じてみえる。

第5回ワールド・ベースボール・クラシック（WBC）がきのう開幕した。当初は冷めていた大リーグのチームや選手も本腰を入れ、スターも多数参加する。野球人気に陰りがみえる現状で、ビジネス面でも期待しているからだ。

日本で遠い存在だった大リーグは、いまや大谷翔平選手らが活躍して身近になった。日系大リーガーも初めて日本代表に選ばれた。今日の初戦ではカラスも驚くプレーが見られるか。

古今東西の暴露願望　3・10

「僕は帰国しません」と話すガーシー参院議員の動画配信を見ていて、ローマの街角にある「パスクイーノ像」を思い出した。おしゃべりする像として、500年以上も語り続けている――といっても彫刻が話すはずはなく、人々がメモを貼るのだ。

政治家への意見や風刺が多いが、見物人の目を最も引くのは暴露系だ。芸能人のゴシップやサッカー選手の八百長疑惑、国会議員の脱税のうわさ等々。真偽のほどは不明だが、多くはパスクイーノが話すとされるローマ方言で書かれている。

読むと、古今東西を問わず、人は暴露をしたり見聞きしたりするのが本当に好きだとわかる。

過激な暴露話を関西弁でまくしたてるガーシー氏が参院選で30万票弱を得たのも、むべなるかな。

ガーシー氏に投票した有権者たちは「政治家が暴露を恐れ、悪さができなくなると期待した」と本紙記事で語っていた。本人も「国会で眠っとるオッサンの頭を片っ端からひっぱたきたい」と書いている。だが、遠いドバイから逮捕を恐れて帰国せず、結局は何もしていない。

最近相次ぐ飲食店での迷惑行為を映した動画をめぐる騒ぎは、暴露の形態の一つだろう。暴露する側も拡散させる側も必要なのはスマホだけ。影響力は膨大で、被害企業の株価が落ちたほどだ。ガーシー氏が除名されてもすぐに代わりが出て来かねない。

ローマのパスクイーノ像は、きょうも右斜め上を向いて立つ。過激な暴露話のなかに大切な真実が紛れていないかと待っている。

大川小学校の12年　3・11

支柱がねじれ、海側へ倒れた渡り廊下。大きく盛り上がった床。そして、津波到達時の「3時37分」で止まった時計。児童74人と教職員10人が犠牲になった宮城県石巻市の大川小学校を訪ねた。12年前まで、子どもたちはこの校庭で一輪車に乗ったり、春に花見をしたりしていた。

当時6年だった長男の大輔さんを亡くした今野浩行さん(61)に案内していただき、学校のすぐ裏にある山を登った。歩いて1分ほどで、コンクリートの踊り場に出た。津波到達点は、かなり下だ。

ゆったりと流れる北上川を望む。この緩やかな勾配のせいで津波は河口から3・7キロも逆流し、大川地区をのみ込んだ。「なんで、山さ、来られなかったかなあ」。今野さんが、ぽつりと言った。「3月は毎年、心が沈む」という。

なぜ、スクールバスで避難させなかったのか。なぜ、大川小だけ多くの児童が犠牲になったのか。遺族たちが知りたかった疑問への答えは、5年7カ月に及んだ裁判で「救えた命だった」との判決が確定しても、わからなかった。

校舎は震災遺構として公開され、被害状況などを説明する大川震災伝承館もできた。記憶が呼び戻されてつらいという意見もあるし、維持や管理の費用もかかる。それでも、記憶を風化させないために残してもらいたいと思う。語り継ぎ、私のような忘れやすい者が訪ねる場所として。

校庭ではきょうの夕方、追悼のために竹灯籠《どうろう》がともされる。用意された竹は、108本。12年前の在校生の数である。

手作り新聞400号　3・12

丹沢山地のすその、神奈川県秦野市に元中学教諭の武勝美《たけかつみ》さん（86）は暮らしている。3年前のこと、腰を痛めて近くの病院に担ぎこまれた。ひと月ほどの入院だったが、自宅に届く愛読紙を読みたいと、家族に運んでもらった。

東日本大震災のあと、支援に行った縁で購読を続ける宮城県の地元紙「三陸新報」だった。日ごろは寡黙な看護師さんがつぶやいたという。「なつかしい」。気仙沼から来たばかりの若い女性だった。

「ジイちゃんのホヤ食べたいなー」と彼女は言った。仕事ぶりは誠実だが、経験不足を悩んでいるようにみえた。コロナ禍で「お父さんが『帰って来るな』と言ってきた。寂しかった」。

小さく漏れた言葉を聞き、武さんは三陸新報に投書した。「異郷の地で頑張っている『気仙沼育ちの若者』がいる」と。退院後、手紙が来た。「祖父と祖母が喜んでくれました。会うたびに新聞のことを話してくれます」

武さんにとって新聞は特別なものだ。自らも38年にわたり、毎月、手作り新聞「ＥＣＨＯ」を発行してきた。看護師さんの話も、そこに書いた。購読者は全国に244人。何げない日常や教え子たちとのことを書き続け、先月に400号に達した。新聞を通じて人々の声が響き合い、「エコーとなれば何かが変わる」。そう信じてきたという。

紙面を読みたいと、ご自宅を訪ねた。武さんは笑顔で言った。「継続は惰性なり。できるところまで続けます」。なぜだろう。ほんわりとした気持ちになった。

袴田さんの2万6662日　3・14

獄中からの手紙がある。「お母さん、僕の部屋には日めくりがあります。その日めくりに、子供をおぶったお婆《ばあ》さんが、夕日を見ている写真があります。僕はそれを見て、お母さんと息子を思い出しています」。家族に思いをはせ、自らを奮い立たせたのだろう。

筆をとったのは30歳の袴田巖さん。前年、静岡県で一家4人が殺された。無実だとの叫びもむなしく、死刑が確定した。きょうこそは自分が執行される番か、と恐怖にさらされ続けた心は病み、後年、面会者に言うようになった。「袴田巖はもういない。全能の神である自分が吸収した」と。

きのう、東京高裁の決定によってようやく再審への狭き門が開かれた。袴田さんは87歳。人生の大半をかけて冤罪《えんざい》と闘い、勝ちとった朗報であろう。だが本人から喜びの声は聞こえてこない。いまも自分の世界の中にいるからだという。何とむごいことか。

フランスの思想家モンテーニュは『エセー』で、無実の人を罰することは「犯罪よりも罪深い」と書いた。高裁は今回、有罪の決め手とされていた血染めの衣類を、捜査機関がでっちあげた可能性が極めて高いと指摘する。であるならば、「罪深い」という言葉ですら生ぬるい。

司法権力というものに眼《め》があるならば、己のしてきたことを見るがいい。夕日に母や息子を思った詩情の持ち主がどう変わってしまったか。

袴田さんは逮捕からきのうまで長く暗いトンネルを歩き続けた。その日々は日めくり2万662枚分にあたる。

大江健三郎さん逝く　3・15

「知る」と「分かる」はどう違うのか。作家の大江健三郎さんは「知る」から「分かる」に進むと、自分で知識を使いこなせるようになると定義した。その先には「悟る」があって、まったく新しい発想が生まれる、と。

その大江さんが「知る」難しさにつまずいたことがある。1960年代の沖縄だ。日本人とは何か。答えを得ようとくり返し訪れた。だが沖縄を知れば知るほど「絶対的な優しさとかさなりあった、したたかな拒絶」に出合ったと『沖縄ノート』に書いている。

日本という国は沖縄の声にずっと耳をふさいできた。拒絶は歴史の波に翻弄《ほんろう》されたとの思いゆえだろう。大江さんは戸惑いつつも、ノートを投げやりに閉じることなく人々に向き合い、米軍基地問題などについて発言を続けた。

沖縄にとどまらない。憲法、原発、反核……。戦後を代表する文学者は、同時に、行動する知識人でもあった。88歳での訃報《ふほう》に接し、存在感の大きさを改めてかみしめている。

告白すれば、あの難解な文体には、てこずった。それが、ひざに置いた画板上の原稿用紙から生まれたのだと、このたび知った。大江さんの万年筆を直した職人に話を聞いたことがある。依頼された2本のペン先は、同じ角度で刃先のようにすり減っていたそうだ。

現代における個人と共同体の関係といったテーマと切り結び、救済の物語を紡ぎ続けてきた。そんな姿が浮かぶ。生み出した作品や評論は巨大な山脈となり、日本文学の風景を大きく変えた。
＊3月3日死去、88歳

マスク生活の3年　3・16

〈人類は「パンツをはいたサル」であり「マスクをつけたサル」ともなつた〉香川ヒサ。習慣化したマスクの着用が先日から、もう「個人の判断」でよいとなった。易々《やすやす》と気を許すわけにはいかぬが、一つの節目ではあろう。現代歌人協会のコロナ禍歌集で、この3年をふりかえる。

〈使ひ捨てマスクなれども丁寧に洗ひ青葉の風に干したり〉江坂美知子。何度も洗って毛羽だってしまったのもあったなあ、と懐かしく笑える幸せよ。どの店の棚も空っぽという不安のスタートだった。

〈マスクしてレジを待ちをり足型のところに立てと言はれて立ちて〉小橋芙沙世。ソーシャルディスタンスに神経をとがらせ、咳《せき》する人に険しい視線を飛ばす。〈悪人は誅殺《ちゅうさつ》せよと激しゆく覆面《マスク》の人はわが内にいる〉谷岡亜紀。

感染の波が寄せては返し、永の別れを悲しむことすらできない状態が続いた。〈焼香はなく拝礼のみ　故人だけがマスクをつけず写真に笑まふ〉大口玲子。

マスク暮らしの長さゆえに、職場や学校では変化が生まれた。〈去年今年《こぞ》出会いし人にまだ顔の下半分を見せてはいない〉小林靄《あい》。〈せめてもの口紅だけが武器だったコロナ禍のわれ丸腰でござる〉高橋美香子。

ゆっくりと平穏を取り戻しつつ、感染増の兆しがある時や人混みではマスクをする。それが3年で学んだことだろう。〈春と呼ぶ陽《ひ》ざしの届く木の椅子にあなたと坐《すわ》る必ず坐る〉寒野紗也。いとしい人と肩を並べて語ることもはばかられた日々に、さよならを。

放送法への横槍　3・17

生物学者であり、民俗学者でもあった南方熊楠《みなかたくまぐす》は、異能の人だった。英国への滞在中に、いつもの日記のノートが切れた。日本の知り合いに頼み、入手したのは10カ月後。熊楠先生、記憶をたどって一日分も欠かさず埋めたという（平野威馬雄《いまお》著『くまぐす外伝』）。

高市早苗・経済安全保障担当相も、かなりの記憶力の持ち主とお見受けした。なにしろ、放送法をめぐる一件で、総務省の公文書にある8年も昔の自分の発言を「ありもしない。捏造《ねつぞう》だ」と断言できるのだ。

ただ、公文書にはこうもある。官僚は当時総務相だった高市氏に2度説明した。2度目の際ものである。

「大臣はあまり（前回の）記憶がなかった」と嘆いている。いやはや、不思議なこともあったも

発言の真偽をめぐるバトルには、つい気を引かれてしまう。だが自戒をこめて言えば、問題の本質はそこではあるまい。気に入らない報道番組をどうにかしたい。そう考えた官邸が、自らの一存で放送法の「政治的公平」の解釈を変えさせた。こちらだ。

「（ＴＢＳ系の）サンデーモーニングは明らかにおかしい」「古舘（伊知郎）も気に入らない」「正すべきは正す」。公文書には生々しい言葉が並ぶ。当時の安倍首相を含む政権中枢の本音なのだろう。表現の自由などについて、この程度の見識だったとは。

政府は解釈を変えておきながら、変えてはいないと今も言い張っている。そういう茶番を繰り返しても記憶には残らないと、高をくくっているのだろうか。

日韓首脳会談　3・18

木曽義仲が倶利伽羅《くりから》峠で奇襲をかけた。「平家うしろをかへり見ければ、（源氏の）白旗、雲のごとくさしあげたり」と平家物語は描く。源平合戦のころから、競い合うのは「赤と白」に決ま

っている。これがお隣の韓国では「青と白」だというから面白い。

運動会では「青勝て、白勝て」となるそうだ。ならば色の感覚がまったく異なるかといえば、「真っ赤なうそ」はそのまま通じる言い回しだ、と渡辺吉鎔《キルヨン》著『韓国言語風景』にあった。似ているが違う、違うが似ている、というのが日韓の間柄なのだろう。

その複雑さがあだになったか。両国の外交はここ数年、戦後最悪とまで言われてきた。ようやく訪れた変化である。尹錫悦《ユンソンニョル》大統領を招いて、日韓の首脳会談が久しぶりに開かれた。岸田首相の握手には、一気に春を迎えたかのような趣があった。

一応の解決をみた徴用工問題は、韓国内では反発が強いとも聞く。両国が政治決着したのも、中国や北朝鮮など周辺の安全保障リスクが高まっているのが理由の一つだろう。吹きつける風は穏やかではないが、いまは進展を期待したい。

首脳同士のシャトル外交の再開も決まった。もっとも、東京・銀座辺りでは、コロナ禍を越え、あちらの言葉を耳にする機会が再び増えている。2月の訪日外国人客で最も多かったのは韓国の人だった。

「同じ釜の飯を食う」という慣用句も、じつは両国共通だそうだ。シャトル外交にまさるとも劣らぬ交流を、こちらはこちらで進めていこう。

どこかに「止める力」を　3・19

「歌は革命を起こせない。しかし、歌は、自殺を止める力を持っている」。サザンオールスターズの桑田佳祐さんの歌詞集『ただの歌詩《かし》じゃねえか、こんなもん』に寄せた解説で、作家の村上龍さんはそう締めくくった。39年前の高校時代に読み、深く共感したのを思い出す。

絶望しかないとき、思いとどまらせるものはないか。昨年の小中高生の自殺者数が514人だったという厚労省の発表に、やりきれない思いがした。統計のある1980年以降で、最も多い。

学業不振や進路の悩み、友達や親との不和といった原因から見えるのは、将来への不安と支える人の不在だ。コロナでつながりが減った一方、家にはストレスを抱えた親がいる。相談する場が必要だ。

その窓口が電話主体であることについて、NPO「あなたのいばしょ」の大空幸星《おおぞらこうき》さんが貴重な指摘をしている。いまの子どもは電話を使わない。友人との会話もSNSなのに、深刻な悩みを電話で打ち明けられるだろうかと。

求められているのは声より、チャットによる文字でのやりとりなのだ。子どもの伝達手段が進化しても、受け止める大人が追いつけているか。希望が持てる社会にできていないことにも、責任を感じる。

村上さんは、日本は「ずっとずっと貧乏で、本当は今も貧乏なのだ。本当に豊かならば、十人の桑田佳祐がいて、十のサザンがあるだろう」とも書いた。だめな大人の一人として伝えたい。歌でもチャットでも何でもいい。生きていてほしい。

イラク戦争の教訓　3・20

イラク戦争が始まったのは、20年前のきょうだった。当時、中東取材班にいた私は、米軍が制圧した後にバグダッドへ入った。授業が再開すると聞いて小学校を訪ねると、子どもが集まってきた。混乱のなかで机や椅子が略奪されたが、逆に返却に来る人もいた。

校長は片付けをしながら「戦争で心に傷を負った。おねしょが始まった子もいる」と話した。「アメリカ人は良い人たちですか」と児童に問われた教師は、「それがわかるまで、もう少し待ってみましょう」と答えていた。

テロや戦闘で犠牲になった民間人は20万人前後とされる。あの戦争は、間違いだった。教訓があるとすれば、武力で目的は達成できないと改めて証明されたことだ。それはロシアによるウクライナ侵攻をみてもわかる。

時を経て、イラク戦争を直接知らない世代が増えた。特に内戦が泥沼化する前の記憶は遠くなりつつある。ブッシュ氏も、英首相だったブレア氏も回顧録で言い訳を重ねたが、そもそも開戦の理由だった「大量破壊兵器」がなかったことを忘れてはいけない。

記憶は頼りない。だから語り継ぐと共に記録を残す必要がある。英国では7年前、独立調査委が12巻もの検証報告書を公表して「軍事行動は最終手段ではなかった」と結論づけた。小泉政権が支持し、復興支援で自衛隊を派遣した日本は、外務省が4ページの要旨を発表しただけだ。

窓ガラスが割れた教室にいたイラクの子どもたちも、大人になったはずだ。どうしているだろうか。

シーラカンスに学ぶこと　3・21

うららかな春の陽気に誘われて散歩に出た。五分咲きの桜を眺めながら、トコトコと歩く。手を振って歩く。右、左、右、左。はて、人間はどうして、手と足を交互に動かし歩くのだろう。

そんな奇妙な問いが、頭に浮かんだ。

「それはシーラカンスが決めたんだと思います」。福島県いわき市にある水族館「アクアマリンふくしま」の岩田雅光さん(56)は、いたずらっぽく言った。これまでに30匹もの生きているシーラカンスを見てきた専門家である。

岩田さんがインドネシアで撮影した水中動画を見せてもらう。「生きた化石」は威厳をもって泳いでいた。手足のような特徴的な太いひれを左右交互に動かして。まるで人が歩いているかのように。この魚が私たちの遠い祖先と言われる理由が分かった気がした。

人類の歴史は数百万年にすぎないが、シーラカンスは4億年。競合相手の少ない深い海で、じっと静かに生息してきた。「自分の居心地のいい場所で負担少なく暮らす。それがいいのでしょう」と岩田さん。

きのう地球温暖化をめぐる国連の報告書が公表された。世界中で深刻な異常気象が多発している。このままでは多くの種が姿を消すと警告し、私たちに具体的な行動を求めている。

地球では隕石《いんせき》落下などが原因の異常気象で過去にも計5回、生き物が大量に絶滅した。6度目はどうか。人類は4億年後、存在しているのか。散歩をしながら考える。トコトコ、トコトコ。〈たつぷりと春分の日を歩きけり〉増成栗人。

驚きのウクライナ訪問　3・22

ある冬の夜のことだった。若き日の批評家、小林秀雄は大阪の道頓堀を「犬の様《よう》にうろついていた」そうだ。すると突然、あの有名なモーツァルトの交響曲第40番ト短調が、脳裏に流れたという。「街の雑沓《ざつとう》の中を歩く、静まり返った僕の頭の中で、誰かがはっきりと演奏した様に鳴った」

それがいかに驚愕《きようがく》する体験であったか。「僕は、脳味噌《みそ》に手術を受けた様に驚き、感動で慄《ふる》えた」。難解な文章で知られる批評家は、後に名著『モオツァルト』にそう書き残している。

驚きは思索の始まりである。きのう岸田首相のウクライナ電撃訪問の速報に仰天した人も少なくなかろう。インドにいると思っていた首相が突然、ポーランドに現れた映像にびっくりした。少数の政府関係者による極秘裏の計画だった。

日本の首相が戦地に行くのは極めて異例。考察すべき点が多い行動なのかもしれない。自衛隊には現地で警護を頼めない。安全をどう確保するかが課題となり、主要7カ国のトップでウクライナ入りしていないのは首相だけになっていた。

「驚きが有益であるのは、それまで知らなかったことをわたしたちに学ばせ『記憶』にとどめさせることだ」。哲学者デカルトは『情念論』に記した。サプライズは脳を刺激し、記憶を深く刻み込む。

ただ、驚きという感情自体は長く残らず、瞬時に消えてしまうことも、私たちは経験則で知っている。びっくりの先に何があるのか。電撃訪問は何を生むのか。今後の動きを、注視したい。

ゾルバと体罰　3・23

ゾルバはふとった真っ黒なネコだ。ハンブルクの港で、のどをゴロゴロいわせ、日光浴を楽しんでいる。ある日、ゾルバは瀕死《ひんし》のカモメと出会い、生まれてくるひなに空を飛ぶことを教えると約束する。ネコは飛べないのだけど。

チリ出身の作家ルイス・セプルベダの小説『カモメに飛ぶことを教えた猫』である。ネコ先生たちの奮闘の末、ひなが若鳥となり、初めて飛ぶときの描写が素晴らしい。「さあ、飛ぶんだ」。ゾルバは前の足でカモメの背にかすかに触れる。雨のなか、若鳥は高く飛び立っていく。

今春、公立中学校で休日の部活動を学校外に移す取り組みが本格化する。教員でない地元の人や保護者ら、いわば素人のコーチ役がぐっと増えそうだ。競技の経験や指導の資格は問われない。多忙な教師の負担軽減が狙いだ。

外からの目で風通しがよくなる期待とともに、素人指導者による体罰を懸念する声が出ているという。そうでなくても教育の現場はいまだに暴力が絶えない。先月には千葉の高校バレー部の顧問が暴行の疑いで逮捕された。ミスをした部員の髪をわしづかみにしたという。

暴力は指導でも教育でもない。「教える」とは何なのか。大切なのは、いかに本人のやる気や能力を引き出すかなのだろう。新たな試みをきっかけに、学校の内と外が一緒になった議論がさらに深まればいいと思う。「飛ぶことができるのは、心の底からそうしたいと願った者が、全力で挑戦したときだけだ」。ゾルバの言葉である。

統一地方選スタート　3・24

冷たい春の雨に打たれ、アスファルトに置かれた白い菊の花束が震えるように揺れていた。道を行く人がときおり立ち止まり、手を合わせている。安倍晋三元首相が銃弾に倒れた、奈良の大和西大寺駅前で、きのう見た光景である。

駅の反対側では、この日に告示された知事選の候補者がマイクを握り、演説をしていた。耳を傾ける人のビニール傘がいくつも並び、「がんばれー」との声援も飛ぶ。周囲には民間の警備員が数人、立っていた。

4年に1度の統一地方選が始まった。全国各地の自治体で、1千近い選挙がおこなわれる。新型コロナの「5類移行」決定も受け、マスクを外した候補者たちが多様な課題を訴える姿が見られそうだ。活発な論戦に期待したい。

昨年7月の参院選以来の全国規模の選挙戦でもある。思い起こすのは、元首相の銃撃事件の直後、要人の遊説先に金属探知機が設置されるなどしたこと。物々しい警備を見て、この国の自由な選挙の現場が変容してしまうのでは、との不安を感じたのは筆者だけだろうか。

要人の警備は大事だ。だが、同時に政治家と国民との意思疎通の壁はなるべく低くあって欲しい。4年前の参院選で、街頭演説にヤジを飛ばした人たちが警察に強制排除された札幌の事件のことも、忘れられない。

自由と安全。バランスは難しいが、模索すべきなのだろう。そもそも民主主義は絶えずメンテナンスが必要な繊細なる制度なのだから。襟を正し、手のひらの一票の行く先を沈思する。

ずれてませんか、岸田さん　3・25

このモヤッとした違和感は何なのだろう。「必勝しゃもじ」なるものを岸田首相がウクライナのゼレンスキー大統領に贈ったという。「敵を飯（めし）とる＝召し捕る」との意味を込めた広島の縁起物だそうだが、スポーツや選挙の応援ではあるまいし。

「外交の慣例として地元名産のみやげを持っていくことはよくある」と首相は言う。ただ、戦渦の国にはどうなのか。敵も味方も、多くの人命が失われている。平和外交を掲げる国として、「必勝」などといった単純な言葉で、戦争へのメッセージを発するべきだったのか。

これに限らず最近の首相の言動には首をかしげるものが目立つ。後援会の会合で「サミットまんじゅう」を配った話もそうだ。G7広島サミットは被爆地から平和を訴える絶好の機会なのに、選挙区向けの人気取りが過ぎてはいまいか。

どうして首相になろうと思ったのですか――。福島を訪問した際、若者にそう尋ねられ、首相は答えた。「日本で一番権限が大きい人なので」。言葉の軽さにガクッと力が抜ける気がした。

権限は手段に過ぎない。目的ではないはずだ。いかなる理想を抱き、いかなる信念を持って政治家を目指したのか。なぜ堂々と語らないのだろう。岸田さん、どこかちょっと、ピントがずれていませんか。

そのリーダーシップでいま、防衛費の大幅増をはじめ、この国のかたちを変えかねない重大な政策論議が進む。私たちはいったいどこに連れて行かれようとしているのか。大いに不安になる。

空耳　3・26

空耳という言葉は古くからあった。新緑の頃あいの鳥の声について清少納言が書いている。「ほととぎすの、遠くそら耳かとおぼゆばかりたどたどし」。広辞苑に意味をたずねれば「音や声がしないのに、それを聞いたように思い違うこと／聞いて聞かないふりをすること」とある。

そこにデジタル大辞泉は、新しい意味をつけ足した。「外国語の歌詞などを日本語に聞きなすことを空耳ということもある」。これはもう、あのテレビ企画の人気ゆえだろう。

テレビ朝日系列の「タモリ倶楽部」で続いた空耳アワーである。今週末も視聴者の投稿で曲が流れた。「Ｈｅｙ（ヘイ）！　Ｍａｔｉｌｄａ（マチルダ）」。これが耳のいたずらで「閉園、待ってんだ」に聞こえるから、言葉はおもしろい。

1982年のスタート以来、バブルも不況もどこ吹く風、といったゆるさで番組は続いてきた。殺風景な会議室に集まった出演者が、勝手に楽しむ。「どの番組も密度を濃くするでしょう。タモリ倶楽部はその逆。間が空こうが、素になろうがお構いなし」。タモリさんがかつて語っていた。

40年の歴史に、今季で幕を下ろす。落胆している人は少なくないだろう。仕事で疲れた夜に、当方も頭をからっぽにして笑わせてもらった。

有益だと世に言われるものをどう効率よく吸収するか。当今そんな知恵ばかりがもてはやされる。その対極であらがうかのような番組だった、と褒めても、タモリさんは「んなこたない」と笑って言うだろう。そこがまたよかった。

沖縄県の図上訓練　3・27

山へ逃げる人々で街道は埋まった。幼い子の手をひく女性、てんびん棒で荷をかつぐ人、杖にすがる老人。みな一心不乱に進む。78年前のきのう、沖縄戦は始まった。米軍の上陸が目前に迫る中、学徒兵が見た本島の光景である。

「老幼婦女子」は軍の足手まといだとされ、県外へ疎開させるはずだった。だが機運は高まらなかった。県民は正確な戦況を知らされておらず、土地を離れることに納得できなかったに違いない。本土への船が沈められることへの恐怖や疎開先での暮らしの不安もあった。

県民60万人のうち、事前に疎開したのは8万人ほど。目標に届かなかった。国が右と言えば右を向かねばならぬ時代でも、机上でまとめられただけの計画は実現できなかったのである。

時代が異なるとはいえ、くむべきものは少なくないだろう。他国による武力攻撃を想定して、沖縄県が先日、国の機関などと初めて図上訓練をした。宮古や石垣などの12万人を民間の飛行機と船に乗せ、6日間で九州へ避難させるのだという。

緒についたばかりの計画ではある。それにしても、有事が迫れば、米軍も自衛隊も離島の民間空港や港を使おうとしていると聞く。住民を運ぶ手だては確保できるのか。約130万人にのぼる本島住民の避難はどうするのか。今後、具体的に考えねばなるまい。

そして具体的に考えるほど、有事になってしまえば、沖縄の人々の命を守るのがいかに難しいか、見えるだろう。軍事一辺倒ではならない理由である。

モクレンに叱られる　3・28

散りかけのモクレンが、近所で良い香りを放っていた。人が集まる桜とは違う美しさに見とれつつ、何度かドラマ化もされた漫画『家裁《かさい》の人』の主人公、桑田判事の言葉を思い出した。「仕事で失敗をしたもんですから。今、木蓮《もくれん》に叱られていたところです」

モクレンが叱るなんてと不思議だったが、その高い木を眺めていると、桑田判事の気持ちがわかるような気がした。開き切らずにすっと上を向いたモクレンには、見る者を静かに諭すような趣がある。

インドネシアで特派員をしていたころ、現地でチュンパカと呼ぶモクレン科の花をよく見た。バリ島のヒンドゥー教寺院で、忠告を受けたことがある。「3大神のうち、シバ神だけにはチュンパカを供えないように」。聞けば、古い物語の教えだという。

悪い僧侶がシバ神に取り入ろうと、聖人に隠れてチュンパカの木から花を摘んでは捧げていた。寺院に花があるのを不審に思った聖人が木に「誰かが摘んだか」と尋ねたが、否定した。聖人はうそをついた木を呪い、その花をシバ神へ供えるのを禁じた。

文化や時代によって叱ったり、逆に罰を受けたりするこの花には妙に人間味がある。起源は古く、日本でも約1億1千万年前の地層から仲間の被子植物の花粉化石が発見されている。

植物を愛する桑田判事は、補導された少年少女にも丁寧に向き合った。弱い立場の人を「正義で刈り取るのは最後の手段」だという信念は、太古の花に叱られてたどりついた境地だったか。

正解のない授業　3・29

道徳はてごわい教科だ。文部科学省による小学校の学習指導要領には、「よりよく生きるための基盤となる道徳性を養う」と記されている。ソクラテスは死の直前に「ただ生きるのではなく善《よ》く生きる」大切さを説いた。人類の永遠のテーマを学ぶ場なのだ。

文科省が公表した小学生向けの道徳教科書の検定結果は、深遠な哲学からはほど遠い。「伝統と文化の尊重、国や郷土を愛する態度」で意見がついた一部の教科書は、「地域の伝統」を「日本や地域の伝統」に修正。あんこやさんの言葉には、「日本のあじをつたえていきたいね」が加わった。

道徳で伝統を考えるとき、実践哲学科の教科書を和訳した『ドイツの道徳教科書』は参考にな

2023・3月

る。道徳的な信念や習慣を「時の流れとともに、変わることもある」と定義した。伝統も、不変ではない。

オーストラリアで取材した倫理・哲学の教師は「存在に意味と目的を与えるとか、善や真実や美とは何かなんて私にもわからない。でも授業は常に盛り上がって、やりがいがある」と話した。確かに、道徳では議論が必要である。

どこへ向かい、何が大切で、どう行動すべきか。この問いに正解はない。修正で検定に合格した教科書を開き、模範解答を覚えるような授業は違う。

コロナ禍やウクライナ戦争などでこの数年、世界ではさまざまな価値観が揺らいだ。誤った「正義」の名のもとに戦争が起こされる時代だ。迷い、悩んだときに前へ進む支えとなるような教科であってほしい。

「さようなら」の季節に　3・30

別れの季節である。〈ぼくもういかなきゃなんない／すぐいかなきゃなんない〉。谷川俊太郎さんの『さようなら』は、読むたびに涙腺が緩む。ひらがなで書かれたこの詩で、子どもは親に別れを告げる。桜並木の下を歩き、大通りを信号で渡り、ひとりで進む。大人になるために。

「さようなら」が心に染みるのは、別れのさびしさはもちろんだが、濁点を含まない澄んだ響きのせいもあると思う。語源を調べると、「そういうことならば」を意味する「さ様ならば」が近世に変化して、「ば」が略されたとある。

日本語のサヨナラについて、「このようにうつくしい言葉をわたしは知らない」と書いたのはアン・モロー・リンドバーグだ。初の大西洋単独横断飛行に成功したリンドバーグの妻で、自身も女性飛行家の草分けだった。

アンは1931年に、調査飛行で夫と来日した。横浜港で見聞した印象を、著書『翼よ、北に』で記している。サヨナラの由来を知り、「事実をあるがままに受けいれている」と感嘆した。言い過ぎず、言葉足らずでもない。

多くの外国語で別れに使う「また会いましょう」は、痛みを再会の希望で紛らわす響きもある。「じゃあね」や「バイバイ」ではなく、さようならと言ってみようか。アンが「心をこめて手を握る暖かさ」を感じたというその言葉を。

冒頭の詩の子どもは、「いちばんすきなもの」を見つけたら、「たいせつにしてしぬまでいきる」と宣言する。春の別れは成長の証しでもある。

飼い主の責任　３・31

知人の飼い犬ミシェルは、推定8歳のミニチュアシュナウザーだ。血統書つきの繁殖犬として出産を重ね、４年前の保護時は人間不信の塊だった。声帯は切られ、歯もボロボロ。散歩はしたことがない。知人が引き取るまで、トイレシートの上だけの世界で生きていた。

犬や猫を劣悪な環境で飼って摘発される事件が相次ぐ。東京では先日、多頭飼育の元ブリーダーが動物愛護法違反の疑いで逮捕された。背景にあるのはペットブームか。繁殖目的だけの「モノ」扱いしたり、無責任に捨てたりするのは許せない。

コロナ禍でブームは世界中で加速した。家にこもる日々、動物とのふれあいに癒やしを求めた人は多い。日本では２０２０年、新たに飼われた犬猫が前年比で15％も増えた。ペット店はにぎわい、価格も上がった。

生き物を飼うのは当然、楽ではない。餌やりや糞尿《ふんにょう》の始末に予防注射。犬は散歩も欠かせない。日常を取り戻しつつある人間が見放さないか心配だ。欧米では物価上昇で生活に窮し、保護団体へ引き渡す人が増えているという。

人間は大昔から動物と生きてきた。犬の場合、1万年以上前に「家畜の番人にふさわしい個体をオオカミの中から選び出すようになったらしい」（J・C・マクローリン著『イヌ』）。その関係が、どこでゆがんだのか。

ミシェルは徐々に、犬らしさを取り戻した。散歩が大好きで、かすれた声でほえることもある。つぶらな瞳は、時に残酷な人間たちを観察しているようにもみえる。

2023

4月

衝撃に慣れるな　4・1

ドイツ首相を16年間務めたメルケル氏が、初会談で最も周到に準備した相手はトランプ前米大統領だった。彼女と信頼関係にあったオバマ氏は、「なんらかの優位を取り、そこをしっかり守るのがいい」と助言したという（カティ・マートン著『メルケル』）。

他の首脳からも評判を聞き、記事や自伝本を読み、出演番組を視聴した。そうして臨んだ会談で、就任2カ月のトランプ氏はいきなり握手の求めを無視した。常に冷静なメルケル氏の少し驚いた表情が印象に残る。見ていた側も驚いた。

トランプ氏が先月30日、ニューヨーク州で起訴された。大統領経験者が起訴されるのは史上初だと聞いても、多くの人にとって正直な感想は「今さら驚かない」ではないか。度重なる「衝撃」に、慣れてしまった。

泡沫《ほうまつ》候補扱いだった大統領選で勝利して以来、極右団体をかばい続け、女性や障害者を蔑視する言動をした。任期を終える間際に支持者らへ「死ぬ気で戦え！」と言った直後、議事堂が襲撃された。

2023・4月

「慣れ」とは、同じ刺激の繰り返しに対する反応の減衰だと百科事典にある。鳥の雛《ひな》は、孵化《ふか》して最初は頭上を横切る影にすべて警戒姿勢をみせる。何度も経験するうちに木の葉や無害な小鳥には反応しなくなる。トランプ氏が与えてきた衝撃への慣れも、近いものがある。

だが自国第一主義や国内の分断、陰謀説などは、「木の葉」扱いできないものばかりだ。これから始まる裁判で何が明らかになろうとも、慣れてはいけない。

タラちゃんは変わらない　4・2

きょうは日曜日。子どものころ、夕暮れ時はいつもテレビで「サザエさん」を見ていた。休日の解放感と、翌日の学校を思っての憂うつが混じり合ったラムネ味の記憶。そこに流れるサザエさん一家の明るい笑い声を思い出す。

半世紀を超えて続く長寿番組で「フグ田タラオ、3歳です」の声が先月から代わったのにお気づきだろうか。これまでタラちゃん役だった貴家堂子《さすがたかこ》さんが、亡くなったためだ。

2代目タラちゃんに急きょ選ばれた愛河里花子《あいかわりかこ》さん(55)にお会いした。不躾《ぶしつけ》ながら尋ねてみた。どんなタラちゃんを目指してますか。「貴家さんが育てたタラちゃんをなるべく壊さないように、大事にしていこうと思っています」。ベテラン声優はそう言った。

自分ならではの声にしたいとは考えないのですか。「いえいえ、タラちゃんはあのタラちゃんであって欲しいですから。一日も早く、声優が代わったという話がなくなればいいなと思います」

とかく変わろうとするのは良いことだと思いがちだが、変わらない努力が大切なものもある。そう教えられた気がした。きのうと同じように、きょうがあり、あすも続く尊さと言ったら大げさか。

4月は旅立ちの季節である。新しい職場や学校への一歩に心を弾ませる人がいる一方、視界の先の白さに不安を感じている方もいるだろう。ひょっとすると、タラちゃんたちはそんな人のことも励ましてくれているのかもしれない。大丈夫、僕らはずっとここにいますよ、と。あの声で。
＊2月5日死去、87歳

遠距離恋愛　4・3

そう口に出してつぶやくだけで、何か少し、やりきれない気持ちになってしまう。遠距離恋愛、略して遠恋《えんれん》である。この春もまた、幾多の恋人たちがつらい恋路をたどるのだろうか。先週、東京駅で涙の別離をいくつも見かけた。

「あーだから今夜だけは　君をだいていたい」。恋人を故郷において旅立つ「僕」のやるせない心情を、チューリップは『心の旅』で歌った。フォークソング華やかなりしころ、1970年代の名曲だ。

進学や就職で都会に行く男性と、地元に残る女性。かつての時代を象徴する物語だから、多くの人が共感したのだろう。「恋人よ　僕は旅立つ」で始まる『木綿のハンカチーフ』にも古里でじっと待つ女性が出てくる。

こうした構図が変化したのはいつごろか。『大阪ＬＯＶＥＲ』をドリカムが歌ったのは2007年。東京暮らしとおぼしき女性が大阪の彼氏のもとに通う歌詞だ。「大阪のおばちゃんと呼ばれたいんよ」。直球での求愛が昭和の遠恋をポンと吹き飛ばした感があった。

時代は進み、いまや恋愛はスマホが舞台である。昨年、結婚した人の出会いのきっかけは学校や職場よりマッチングアプリが多かった、との調査結果もあるとか。遠恋は多様化し、コロナ禍で「オンライン同棲《どうせい》」という言葉さえ生まれた。

ただ、それでも数年前の朝日歌壇にはこんな一首がある。〈春からは遠距離恋愛はじめます心を君で全部満たして〉水無瀬ゆう。深く、うなずく。ときは移れど、切なさは変わらない。

坂本龍一さん逝く　4・4

テレビCMで化粧品のキャンペーンソングが流れれば、春の到来である。そう言える時代がかつてあった。1982年。資生堂が曲づくりを任せたのは、坂本龍一さんと忌野清志郎さんという異色の組み合わせだった。坂本さんのキーボードに忌野さんが鼻歌であわせる。

出来上がったのが「い・け・な・いルージュマジック」。資生堂から示されていた「すてきな」は「いけない」に変わっていた。二人は笑いながら、絶対にこれでいくと言う。プロデューサーは頭を抱えた。それが、発売されると40万枚のヒットに。ど派手な二人の化粧姿に目をむいたのを思い出す。

独創的な音楽とは坂本さんにとって何だったか。思いついたことを思うがまま白い紙に塗りたくることでは、と後年インタビューで問われ、答えている。「それはだめだな」

自分で発明したつもりでも、何かと似ていることはしょっちゅうあるという。「過去の真似（まね）をしないため、自分の独自なものをつくりたいから勉強するんですよ」（川村元気著『仕事。』）。

真似ないために過去を学ぶ。凡人の及びもつかぬ努力を重ねたのだろう。ヒット曲から映画音

2023・4月

楽まで。作品をふり返ると、その世界の大きさに驚かずにいられない。

坂本さんが71歳で亡くなった。「芸術は長く、人生は短し」という言葉が好きだったという。優れた音楽は、作者の死後も長く残る。ただ「人生は短し」の響きが、いまはこだましている。あのピアノの調べを聞くことはもう出来ない。
＊3月28日死去、71歳

名人戦　4・5

歯切れのよい渡辺明名人がこの日は違った。２０２０年に初めて将棋の名人位をとった際の式典での一幕である。「スピーチ原稿をつくる時、名人になっての感想という段落がきまらなかった。よく『悲願』という言葉が使われますが、そんな簡単なものじゃない」

胸に去来するものがあったのだろう。史上4人目の中学生プロ棋士となり、竜王・王将・棋王と三冠に輝いた。だが負け続きで、名人への挑戦権すら争えない時期もあった。栄光も悲哀も知る人である。

第81期名人戦七番勝負が、きょう始まる。負ければ無冠となる38歳の渡辺名人に、七冠をかけた20歳の藤井聡太竜王が挑む。対戦成績は、渡辺名人の3勝16敗。破竹の勢いの若き天才に世間の目が集まっていることは、名人も承知のはずだ。

かつて若手の筆頭格だった自分が、いまは追われる側にまわる。盤面の駒と同じように、わが身の行方も見すえているのか。こう冷静に語っていた。「トップ棋士としてのキャリアはもう後半だと思います」

頂点に立つ者はいつか、その座を揺るがす存在に出会う。勝負師の宿命だ。対局を前にしたインタビューでの「責任」という言葉が心に残る。「藤井さんがこれだけ勝って七冠に向けて出ていくところで、自分が名人を持っているという状況に責任を感じます」

名人の名にふさわしい内容にするという意地と誠実さの表れだろう。世代交代を阻むのか、許してしまうのか。将棋史に刻まれる対戦を見られる幸運を思う。

夜の森の桜　4・6

駆け足の桜前線を追いかけて福島へ行った。富岡町夜《よ》の森《もり》地区。頭上をおおいつくす約2キロの桜のトンネルを歩く。濃い青空へぐんと張り出した枝に、淡く染まった満開の花。仰ぎみる目に春の美しさがしみる。見事であった。

訪れた先週末は、原発事故の避難指示が一帯でようやく解除されたタイミングと重なった。桜並木は笑顔の人であふれる。だが道を一つ隔てると、家を取り壊した更地が広がる。その明暗が切なかった。半杭《はんぐい》螢子《けいこ》さんの自宅も、かつて一角にあった。

《満開の桜並木の映像はわれの故郷　逃れて哀し》。震災の翌年に詠んだ1首である。富岡町で育ち、結婚した。桜は心のよりどころだという。「事故さえなければ、あんなさみしい町にならなかった。桜だってそう思っているでしょう」

いまは東京・国立に住む。戻りたいと願ってきたが、70代後半になって、あきらめざるをえなくなった。《ふくしまに生きた証も夢のごとわが家わが庭の解体終はる》。２０２１年。ごめんね、と更地の前で手をあわせて、以来帰っていない。

思えば、桜ほど多くの気持ちを託される花はあるまい。町内の被災者からこんな言葉を聞いたことがある。「震災直後は、いつもと同じように咲く桜を恨めしいと思った。次の年は、誰にも見られずに咲く桜をかわいそうだと思った」。12年がたち、その目にどう映るだろうか。

花は咲き、花は散る。夜の森の桜まつりは今週末。桜前線が先を急ぎすぎないよう祈るばかりである。

国交省ＯＢの人事介入　４・７

自分の名前が刷られた名刺を生まれて初めて手にする。あれは、特急に揺られて着いた初任地の支局でのことだったか。記憶はおぼろげだが、言われた言葉は、はっきりと耳に残っている。上司は「名刺で仕事をするな」と言った。

この名刺を持って人に会いに行けば、たいていは応じてくれるだろう。しかしそれは君に敬意を払ってのことではない。記者という肩書を見ただけのことだ――。そんな趣旨であった。組織や肩書を笠に着るなという戒めは、他の業界でも通じることだろう。

あの人たちは、どうだったのか。国土交通省の元事務次官が民間企業に出向き、省のＯＢである副社長を社長に昇格させるよう求めていた。相手は、空港ビルの運営などを手がける会社である。

「有力なＯＢの名代」として来た、という訪問時の言葉には何とも言えぬいやらしさが漂う。ＯＢに敬意を払え、などとは言うはずもない。でも意味するところはお分かりでしょう、といった圧力だ。肩書の威光がまぶしい。

2023・4月

問題が発覚して辞任した副社長も同じである。「(自分の) バックにいる人たちがどう思っているか」と、かつて自らのポストを求めていたというのだから、おごりの病は重い。

作家の山口瞳は『社会人心得入門』で、ある映画監督の言葉を借りて、船出した若者に助言した。酒場での失敗などを例に「人間は少しぐらい品行は悪くてもよいが、品性は良くなければいけない」。新入社員どころか、聞かせたい大人がたくさんいる。

ムツゴロウさん逝く　4・8

東京にいたムツゴロウさんに若い女性が会いに来た。「私、エミです」。動物王国があった北海道でともに過ごした仲間だった幼児は、すっかり大人に変身していた。

何かを言ってあげたかったムツゴロウさん。オタマジャクシは、しっぽを栄養として体に取り込んでカエルになるんだ。そんな話をした。「栄養の倉庫なんですね。分かります。私、五つまでの北海道、忘れたことはありません。きっと私のしっぽだったのですね」。思い切り抱きしめた、とふり返っている。

子熊と一緒に寝て、馬で大地を駆けぬけ、母のいないアザラシの子に口移しでミルクをやる。

北海道の四季のもとで営んだ王国での共同生活は、テレビを通じて、命のたくましさと美しさを教えた。放送は約20年続き、最高視聴率は30・2％に達した。

どのくらいをここで飼っているのか、と問われると「動物を数で数えるな」と答えた。どの動物が好きか、と問われると「愛に順番はありますか」と答えた。「人間も動物も全部一緒。兄弟に順番はつけないでしょう。あなたの質問は間違えているんですよ」

このくらいの思いがなければ、あれほど多くの動物に心をひらいてもらうことはできまい。本物のドリトル先生のようだったムツゴロウさん、畑正憲《はたまさのり》さんが87歳で亡くなった。

純粋で自由な生き方には、エミさんだけでなく多くの人たちが心の「栄養」をもらったことだろう。ムツゴロウさんのウヒャヒャという天真爛漫《てんしんらんまん》な笑い声がどこかで聞こえる。

＊4月5日死去、87歳

こども記者からの質問　4・9

「多子若齢化が進んだら、子どもは貴重な存在ではなくなってしまうのでしょうか」。今月発足したこども家庭庁の記者会見で、小倉将信こども政策相に対する新中学1年生の質問に意表を突かれた。少子高齢化が進むなか、正反対の仮定をするとは。

だが、続きを聞いて得心した。「数が多くなると、道具のようにしか社会に必要とされなくなるのではと心配です」。数が増えればいいのか、本当に私たちの声を聞いてくれるのか。根源的な問いかけである。

会見に招かれたのは中1と小6の13人の「こども記者」だ。鋭い質問の数々に、子どもは見抜いていると感じた。「異次元の少子化対策」は、年金などの財源や労働力不足を案じた大人の都合で描いたものだと。

編集者として戦後の児童文学界を牽引《けんいん》した故・松居直《ただし》さんは62年前、子どもが読みやすいようにと縦型の絵本を横書き、横長にした。本棚に入らないと図書館から言われ、「本棚に本を合わせず本に本棚を合わせてください」と頼んだという。

同庁は、子どもに合わせた組織になれるのか。当初は「こども庁」だった名称に「家庭」を入れたのも、行政から独立した第三者機関の設置が見送られたのも、伝統的な家族観を重んじる保守派が抵抗したためだった。

会見では、こんな質問も出た。「選挙のためのアピールでなく、私たちが大人になるまで続きますか」。きょうは統一地方選の前半戦の投開票日。主権者である子どもの視線を受け止めて、一票を投じたい。

春のヘルメット　4・10

オーストラリアの自転車乗りにとって、春はゆううつな季節である。地元でマグパイと呼ばれるカササギフエガラスという鳥が、走行中にいきなり襲ってくるのだ。その凶暴さは想像を超えており、毎年何千件もの襲撃が報告されている。

私も何度か目撃したが、くちばしを鳴らして急降下し、背後からヘルメットをガツンとつつく。耳や首にあたると、流血するほどのけがを負う。4年前には70代の男性が避けようとしてフェンスに激突し、死亡する事故があった。

専門家によると、春の繁殖期にひなを外敵から守る行為だという。「速く動く物体の一番高い部分」を狙うため、自転車のヘルメットは格好の標的だ。着用は義務だが、現地の知人は「罰金が嫌というより、ノーヘルでつつかれたら命取りになるからかぶる」と言う。

日本でも、今月から自転車でのヘルメット着用が罰則なしの努力義務になった。鳥が襲撃する危険はなさそうだが、事故から身を守るためだ。警察庁の調べでは、自転車事故で亡くなる人の6割近くが頭部の損傷によるという。

きのう都内の住宅街を歩いて数えた限りでは、かぶっている人は1割もいない。警察官が指導する様子もなかった。自発的な「努力」に、拘束力がある「義務」を組み合わせる難しさを感じた。

過去をみれば、努力義務から義務化された例はいくつもある。いまでは着用が当然のシートベルトも努力義務だった。命が助かるならと、通気性の良さそうな野球帽型を注文してみた。

同志国と言われても　4・11

近ごろよく聞く表現でありながら、どうにも腹に落ちないものに「同志国」という言葉がある。それは何ぞやと問えば、政府の説明は、志を同じくする国とか、外交の目的を共有する国のことだとか。そう言われても、何だか分かったような、分からないような……。

世代にもよると思うが、同志と言えばかつての共産主義国で盛んに使われた呼称を連想してしまう。スターリンや毛沢東の時代、同志と呼ばれなくなることは粛清を意味した。時代がかった排他的な響きがするのはそのためだろう。

岸田政権は先週、こうした同志国と呼ぶ国の軍に対し、防衛装備品を無償で提供する制度を新たにつくると発表した。名付けて政府安全保障能力強化支援（ＯＳＡ）。平和外交をとなえ、非軍事分野に徹してきた途上国支援の方針を転換するらしい。

中国の軍拡を受け、各国との連携を強めるというのはよく分かる。でも、軍の支援にまで踏み込むのは危うくないだろうか。国際社会を分断する陣営づくりにならないのか。疑問は尽きない。

当面の同志国候補はフィリピン、マレーシア、バングラデシュ、フィジーの４カ国。志が同じと言われても、即座にはしっくりこない。中国への姿勢も、民主主義への取り組みも一様ではないのに。

もはや中国でも共産党の公式文書を除き、同志はほぼ死語である。そんなイデオロギーにまみれた過去の表現がいま、日本の安全保障の舞台で闊歩《かっぽ》しているのはなぜだろう。奇妙に感じられてならない。

安倍元首相の本棚　4・12

残された蔵書は故人を雄弁に語るときがある。亡くなった安倍晋三元首相はどのような本を読んでいたのか。その一端を伝える企画展が、山口県下関市のデパートで開かれている。妻の昭恵さんから提供されたという元首相の本90冊を見てきた。

「安倍さんはお酒をあまり飲まなかった。寝る前によく本を読んだそうです」。企画発案者の一人で山口新聞の編集局長だった佐々木正一さん(76)は話す。展示された本には、付箋《ふせん》が貼られ、線が引かれ、熟読の跡が残るものも少なくない。

例えば、乃木希典《まれすけ》の生涯を描いた古川薫『斜陽に立つ』。評価の分かれる日露戦争の将軍の評伝に、安倍氏は興味をひかれたらしい。指導者に関する本は多く、ニクソン米元大統領の回顧録などもあった。

東野圭吾『さまよう刃』や藤沢周平『密謀』といった人気作家の小説が目立つのも特徴だ。それらを含め安倍氏らしさなのだろう。「読んだ本はどんどん処分したようだ。収集するタイプじゃなかった」と佐々木さん。

歴代の首相と読書といえば、中曽根康弘氏は『パンセ』を自ら邦訳するほど読み込み、竹下登氏は『狭き門』の一節を暗唱した。小渕恵三氏の愛読書は司馬遼太郎『竜馬がゆく』だったとか(早野透『政治家の本棚』)。いずれも故人を偲《しの》ばせる話である。

安倍氏の90冊のうち我が本棚にあるものを数えてみた。ちょうど10冊。読んだことのある本をいれるともう少し多いか。9分の1の重なりに、安倍氏との近きと遠きを思った。

昨日の中国、今日の日本　4・13

1990年代の初め、まだ貧しさが色濃く残る中国に留学した。大陸はいかに広いか。ひとの情はいかに深いか。多くを教えられたと思っている。帰国するときは船にした。一衣帯水の関係と呼ばれる隣国との距離を、体で感じたかったからだ。

上海からジャラジャラとマージャンの音がする船室で揺られて一日半。朝の神戸港が眼前に現れた。中国内の移動では三日三晩の汽車の旅も珍しくない。それを思えば、日本は近いと実感した。以来、だいたい一晩というのが、私にとっては日中の漠然とした距離感となっている。

今年も黄砂が飛んでくる季節となった。おとといまで北京を襲った砂塵《さじん》が、きのうは日本に移ってきたという。砂もまた、一夜で海を越えてくるらしい。空を汚し、健康に影響を与える厄介者の到来である。

迷惑に思っている人もいるかもしれないが、中国の人々の悩みも深刻である。中国語で黄砂は「沙塵暴《シャーチェンパオ》」とも呼ばれる。日本よりも砂の粒は粗く、被害の度合いも大きい。黄塵《こうじん》万丈といった言葉も大げさでないほどだ。

2023・4月

世界を見渡せば、砂漠から運ばれる砂塵の被害に悩む国は少なくない。一方で、飛来した砂が積もって肥沃《ひよく》な土地をつくり、海に飛んだ砂は水中の生物のためになる。砂の移動は、地球をはぐくむ重要な自然現象の一つでもある。

〈天をもて黄沙の国とつながれり〉高崎公久《こうきゅう》。とかく気色ばむことの多い日中関係だが、砂には国境もない。一晩の差で霞《かす》んだ空をともに見上げる近さを思う。

入学式の言葉から　4・14

新たな舞台に立つ人たちに、励ましの言葉が送られる季節である。各地の大学で入学式が開かれた。学長らは何を新入生に語りかけたのだろうか。式辞のなかに、いまという時代を探してみた。

「リポート作成に際して使用することなど、ゆめゆめ考えないでください」。話題のチャットGPTなどの人工知能について、信州大の学長はそう強調した。「簡単に得たものは、またたく間に失われる」。新たな技術を学問にどう取り入れるか、どの大学も悩ましいところだろう。

コスパならぬ、タイムパフォーマンス時代に対する懸念も示された。「タイパで得た知識で十分か」と広島大の学長。動画の早送り視聴など、効率優先の風潮への疑問である。アインシュタインいわく「重要なことは、問うのをやめないことだ」と。

コロナ禍によるマスク制限などが4年ぶりに解禁された式典も多かった。京都大の総長からは、いまこそ「海外留学を」との呼びかけも。米国での研究生活が「私の人生の軌道に決定的な影響を与えた」。インターネットでは得られない異文化体験を大切にしよう。

地球温暖化、ロシアのウクライナ侵攻など、激動する世界の明日は見通せない。立教大の総長は「固定化された一つの物差しでは、もはや生きていくことはできない」と語った。「異なる価値観や考え方を理解するために、物差しを増やして」

はて、自分は入学式でどんな言葉をもらっていたか。ボーッとしていた記憶しかないのが、悔やまれる。

尊厳を汚したのは誰か　4・15

ひとの尊厳とはいかなるものか。守られるべき名誉とは何なのか。入管で収容中に亡くなったウィシュマ・サンダマリさんの監視カメラ映像の話である。政府と遺族側のやりとりを聞きながら、しばし腕を組んで考えてしまった。

遺族と弁護団が民事裁判の証拠映像を、記者会見で公開したのは先週のことだ。死を前に、衰弱しきったウィシュマさんが映っている。「病院の点滴をお願い」。そう言って懇願する彼女の横でこれに応じず、軽口をたたく入管職員らの姿もある。

目を覆いたくなる、かなしい映像だと思う。報道でご覧になった方もいるだろう。ところが、公開に対し、斎藤健法相が不満を表明した。故人の「名誉と尊厳の観点」から、問題があるというのだ。もしも自分が彼女であれば「公開してほしくない」とも。

法相は何かを忘れているようだ。映像が伝えた悲惨な状況をつくったのは、ほかならぬ入管である。その組織のうえに立つ法相が「尊厳」を口にするとは。「尊厳をちゃんと考えてくれていたなら、姉が死ぬことはなかった」。遺族が反発するのは当然だろう。

おととい国会で、入管難民法改正案の審議が始まった。滞在許可のない外国人への非人道的な対応や、長期収容といった問題を生んできた閉鎖的な仕組みをどう改めるか。ウィシュマさんの死の真相を知らずして、深い議論は到底できまい。

彼女の尊厳を蔑《ないがし》ろにしているのはいったい誰なのか。弁護団か。入管か。法相こそよく考えてみてほしい。

岸田首相襲撃　4・16

「平民宰相」と親しまれた原敬は、19歳の春から日記をつけていた。手帳などにメモを残して、のちに筆で清書する。計82冊に及ぶ大河小説のような日記の最後は「出発」という鉛筆の走り書きで終わった。自宅を出たのは凶行の30分前。清書することは、かなわなかった。

1921年。京都へ向かう途上の東京駅改札口で、柱のかげから飛び出してきた暴漢に胸を刺されて死亡した。現場には、いまも床に小さな印が残る。日本の民主主義の歩みに残る傷痕だ。

まさか、100年前に逆戻りしたかのような光景を、1年足らずで2度も見ることになるとは。岸田文雄首相が和歌山市で若い男に襲われた。首相にけがはなかったが、男が投げつけた金属製とみられる筒は、時間差があって聴衆の近くで爆発した。より威力があったら、と想像するとぞっとする。

テレビの映像で不気味に感じたのは、直後の男のふるまいだ。逃げようとするでもなく、別の筒を手に淡々と何かしようとするように見えた。いったい何が目的なのか。

いや、目的がどうであっても断じて許されることではない。亡くなった安倍晋三元首相は参院選の演説中に撃たれた。今回は、その後初めての大型選挙でのことだった。政治家の口を暴力で封じようとする者は、民主主義の破壊者である。

テロが社会に落とす影は、さらなる闇を引き寄せる。原首相を刺した男も、著名な財界人を右翼が暗殺した別の事件に刺激を受けていた。暴力の連鎖を許してはならない。

40年後の書き直し　4・18

真新しいスーツ姿の新入社員をみかけると、昔の自分を思い出す。あのころ重ねた失敗は、30年以上たっても恥ずかしい。そんな折、村上春樹さんの新作『街とその不確かな壁』を読んで感銘を受けた。新人時代から40年を経て、ついに決着をつけたのだと。

壁と影が主題の同作のもとは、デビュー翌年の1980年に文芸誌で発表した中編『街と、その不確かな壁』だ。だが内容に納得できず、書籍化もされなかった。85年の『世界の終りとハードボイルド・ワンダーランド』で一部取り込んだが、終止符は打てなかった。

私は英国の大学生だった10代のころ、中編の存在を知った。大学図書館の日本語部門で掲載誌を見つけ、「ことばは死ぬ」という予想外にむき出しの冒頭に驚いた。そのまま座り込んで読み終えたとき、閉館の音楽が流れたのを思い出す。

それから10年もしないうちに、彼の作品は世界中の書店に並ぶようになった。国際的な作家として40を超える言語に翻訳され、ノーベル文学賞候補として名前が挙がる。

今回珍しく付けたあとがきで村上さんは、あの中編がずっと「喉《のど》に刺さった魚の小骨のような」存在で、書き直せて「ほっとしている」と書いた。コロナ禍が始まったころに着手し、3年かけて完成させたという。

改めて両作品を読み比べると、40年間で磨き上げた物語の完成度に時の流れを実感する。新人時代の後悔も、無駄にならないと思える。小骨を忘れず挑戦し続けることができれば、の話だが。

1億人のギャンブラー？　4・19

日本でカジノをめぐる議論が盛んになってきた10年ほど前のこと。オーストラリア屈指の大富豪が地元紙で語った言葉に驚いた。「日本はぜひ、カジノを解禁してほしい。1億人の日本人は全員がギャンブル狂いなのに、競馬とパチンコしかできないのだから」

なんて失礼な人かと、当時は不快だった。だが先日、政府が認定した大阪府・市のカジノを含む統合型リゾート（ＩＲ）整備計画を見て、あれっと思った。年間来訪者は約2千万人で、うち外国人観光客は約3割と想定している。

岸田首相が述べた「世界に発信する観光拠点」にしては、7割が国内客とは意外だ。「1億総ギャンブラー」とまではいかなくても、ずいぶん多くないか。今度は不快ではなく、不安になってきた。

国内客に定めた「7日間で3回、28日間で10回まで」の入場制限や、ＡＴＭの設置禁止。ギャンブル依存症を防ぐための規制だという説明はむなしく、不安は増す。「夢洲《ゆめしま》」という人工島の名も、金銭感覚を惑わす響きのような。

計画では、政府が認定したタイミングも気になる。大阪府知事・市長の「ダブル選」で、ＩＲを推進する大阪維新の会が圧勝した5日後だ。政治的な思惑が働いたのではないか。

冒頭の発言をしたジェームズ・パッカー氏(55)は当時、カジノ運営企業の会長で、米歌手マライア・キャリー氏との婚約と破局でも話題になった。辞任後も、企業の資金洗浄疑惑などで調査されている。カジノの光には、影もつきまとうのか。

4年後の事故現場　4・20

白、黄、ピンク。事故現場近くの慰霊碑には色とりどりの花が供えられていた。菓子やジュース、絵本に折り紙も。発生時刻が近づき、周辺のオフィスから昼食に出てきた人々が手を合わせた。初夏のような暑さに、あの日、路上に落ちていた麦わら帽子を思い出した。

東京・池袋で車が暴走し、3歳の女の子と母親が死亡、9人が重軽傷を負った事故からきのうで4年がたった。妻子を失った松永拓也さん(36)は、現場を訪れて「愛してる。お父さんは元気だよ」と声を詰まらせた。車が凶器に変わる恐ろしさを改めて思う。

刑事裁判では、当時87歳の運転手がアクセルをブレーキと踏み間違えたと認定された。慰霊碑前には、高齢とみられる近所の男性が供えた免許返納の通知書も。家族などから返納はもったいないと言われたが、「せめての供養と判断しました」と添え書きがあった。

この事故は、高齢運転者による誤操作や逆走の危険性を見直す契機となった。それでも死傷事故は相次ぐ。特に地方で免許を返納した場合は、生きるために必要な別の移動手段が課題だ。

事故以降、交通事故の撲滅に加えて被害者支援も訴えてきた松永さんにとって、SNSなどで

2023・4月

の二次被害も深刻だった。愛する家族を失ったうえ、「金や反響目当て」といった中傷による心痛は想像を絶する。

車とデジタル。どちらの技術も生活を飛躍的に便利にしたが、同時に難問も生んだ。被害者に寄り添いつつ、だれも傷つけない使い方を探すしかない。

仮想通貨と小さな王国　4・21

谷崎潤一郎の『小さな王国』は、不気味な短編だ。主人公の教師が勤める小学校に沼倉という転校生が登場し、波乱が始まる。沼倉は絶対的リーダーとなり、大人に内緒で「沼倉紙幣」を発行する。子どもたちは家から持ち出した品物をこの紙幣で売買し、仲間内で経済を回す。

初めは叱った教師もミルク代に窮して沼倉の手下になり、「紙幣」を手にしてしまう。「先生もお札を分けて貰《もら》つて一緒に遊ばうぢやないか」。薄笑いを浮かべ、血走った目で近づく姿は怖い。

沼倉紙幣は当然、本物の通貨との互換性はなく国は価値を保証しない。だが、沼倉の高い信用度で安定している。子どもだけで運用するうち、富が次第に平均化されるようになったのは、痛烈な皮肉に感じた。

百年以上も前に書かれた作品を読んで頭に浮かんだのは、なにかと話題の仮想通貨（暗号資産）だ。政府や企業が介在せず、売り手や買い手全員が台帳を共有する技術が支持されているようだ。米国の調査では、9割が「自分のお金をより直接的に管理するため」に買うと答えた。だが値動きが激しく、高リスクの印象が強い。今月初め、ツイッターのロゴが突然、青い鳥から柴犬《しばいぬ》へ変わって話題になった。経営トップが支持する仮想通貨ドージコインのロゴだったが、同通貨の価格が一時急騰した。

教師は結末で、本物の商店で沼倉紙幣を使ってミルクを買いそうになり、はっと我に返る。欲望で自分を見失ったとき、マネーゲームは底なし沼になるのか。

2023・4月

パパとファファとハハ　4・22

新年度から新たに外国語を学び始めた方も多いと思う。気休めにはならないだろうが、語学習得を趣味とする欧州人の友達によると「日本語の文字体系は世界一難しい」そうだ。ほら、と示された新聞の見出しは「チャットGPT　利用ルールの議論急げ」。

ひらがな、カタカナ、漢字、ローマ字。4種類の文字を使い分ける言語は、世界でも類がないとされる。話す方はどうかと、千年以上の歴史をたどった『日本語の発音はどう変わってきたか』（釘貫亨《くぎぬきとおる》著）を読んだ。

録音がない時代の音声を特定するのは、なぞ解きのようで面白い。文字から音を得たのは、言語学者らによる努力のたまものだ。中国の音韻の古い資料や、ローマ字で表記したキリスト教宣教師の文献などをもとに研究を重ねてきた。

たとえば、奈良時代のハ行は「パピプペポ」で、平安時代は「ファフィフフェフォ」だったという。母はパパからファファへ変わり、18世紀前半にハハとなった。サ行も違い、「笹《ささ》の葉」は「ツァツァノパ」だったそうだ。

同著によると、音声は伝えたい情報量が同じならば省エネの方へ向かうのだとか。奈良時代には「ア」と「エ」の中間のような音なども あり母音は八つだったが、うち三つが消えた。小さなきっかけで地滑り的に変化することがあるのだ。

発音とはかくもダイナミックに変わるのか。驚きつつも、語学で苦労してきた身としてつい、思ってしまった。昔のままだったら、微妙な外国語の発音もできていたかな。

赤いランドセル　4・23

緑に紫、黄色とカラフルなランドセルが百貨店の売り場に並んでいた。来春の入学準備がもう始まっているのだとか。赤いランドセルを眺めていたら、店員に「お嬢さんですか」と話しかけられた。

何年も昔の、我が子のランドセル選びを思いだした。入学前の兄についてきた幼い次男は真っ赤なランドセルを背負い、これにしたいとご満悦。つい「女の子がよく選ぶ色かもよ」と言ってしまったのだ。後悔が残る。

「男の子／女の子だからと思うことがあるか」。小学5、6年生を対象にこんな質問をしたところ、4割が「そう思う」と答えたと、東京都が先月公表した。この子どもたちは、親や教師から「男の子／女の子なんだから」と言われた経験を持つ割合が高かったそうだ。

固定観念は時に現実をむしばむ。「女性は数字に弱い」という偏見を意識しながら数学試験に臨んだ女性は、点数が低くなるという実験結果がある。能力の発揮を妨げる「ステレオタイプ脅威」と呼ばれる現象だ。

性別だけでなく、人種や年齢などでも同様の結果が出るという。提唱した社会心理学者クロード・スティール氏は著書『ステレオタイプの科学』で、この脅威が「あらゆる人に何らかの影響を与えている」と述べた。「かばんの色」というささいに思える出来事も、地続きなのだろう。

次男は翌年、灰色のランドセルを選んだ。何げない大人の一言が、もしかしたら子どもの道を狭めていないか。そんなことを思い返してしまう季節である。

香港だけの問題か　4・24

この春、香港出身のひとりの男性が、東京大学の大学院で新たな研究生活を始めた。葉錦龍(サム・イップ)さん(35)。民主活動家であり、民主派の元区議会議員でもある。言論統制の強まる香港を逃れての来日だ。

「ホッとしています。早朝の警察のノックにおびえる必要がなくなったのですから」。アニメで覚えたという流暢《りゅうちょう》な日本語でサムさんは語る。「ただ、もう帰れないかもしれない。そう考えると苦しい」。矛盾した心境だという。

空気のごとく当たり前だった香港社会の自由はこの数年、急速に失われた。多くの人々が言葉を奪われ、沈黙を強いられている。サムさんのように海外に出る人は後を絶たない。一方、当局はそうした在外の香港人にも監視の目を強め始めている。

日本に留学していた香港の女子学生が帰郷の際、逮捕されたことが先日、明らかになった。日本でＳＮＳに投稿した内容が問題視されたというから驚く。世界のどこで発信されようとも、気に入らない言論は香港の法律で罪に問うということか。

これでは香港人に限らず、香港と行き来する日本人らの言動も自粛させる可能性がある。ひょっとすると香港政府や後ろにいる中国政府の狙いは、そこにあるのかもしれない。

「でも、ひそかに抗《あらが》い続けている人はいます」。力を込めて語るサムさんの言葉にうなずきつつ、自問する。これはそもそも香港の問題なのだろうか。脅かされているのは、私たちすべての人の自由なのではないだろうか、と。

牧野富太郎の書斎　4・25

植物学者の牧野富太郎は安月給だった。買いあさった膨大な蔵書のために大きな家をえいやと借りては、やっぱり家賃が払えなくなる。そこで新たな家を探しに行く。その繰り返しだったと、娘さんがふり返っている。

腰を落ち着かせたのは、いまの東京・練馬だった。跡地の庭園に書斎が再現されて、今月から公開されている。展示品は約4万5千冊の蔵書の1割にも及ばないが、壁は書棚で埋めつくされ、畳には本や標本が積みあがる。

植物図鑑の類いはもちろんのこと、万葉集や洋書に至るまで、古今東西の本があると言っても大げさではあるまい。同じ植物の標本をたくさん集めて「個体変異を確かめようとした」ように、同じ本でも版が改まるたびに買ったというから、すさまじい。

20歳のころに、人生の心得15カ条を記している。その一つが〈書籍の博覧を要す〉。植物に関わる本は、ケチケチせずに手に入れて読むべしとの意を込めた。同時に〈書を家とせずして友とすべし〉とも書いている。本の内容を妄信してはならない、と。

小学校も退学し、独学で歩んだ人ゆえだろう。貪欲《どんよく》に活字を吸収しながら、野山で目にした実際の草花の姿を大切にする。知識と体験の双方を土台に新しい世界を切り開く。学ぶとは、かくありたいものだ。

きのうは牧野の誕生日にちなんだ「植物学の日」であった。自らを「草木の精」と称した牧野は、山をなす書籍の一つひとつに挑み、登り詰めた。孤高の山の頂に咲く一輪の花を思う。

スーダンからの退避　4・26

外国で飛行機が落ちる。「乗客に日本人はいませんでした」とニュースキャスターが〈嬉《うれ》しそうに〉繰り返す、と曲「ＪＡＭ」で歌ったのはザ・イエロー・モンキーだった。〈僕は何を思えばいいんだろう　僕は何て言えばいいんだろう〉。

突然起きた厄災で、身近な存在の安否を気づかうことは、人の自然な感情である。よく似た言い回しは海外の報道でもあると聞く。しかし、それだけではこぼれ落ちてしまう大事なものが、確かにある。

戦闘が続くスーダンの首都から、退避を望んでいた日本人やその家族ら58人が国外に逃れた。避難先で座り込む子供の小さな後ろ姿の写真を見た。胸が苦しくなる。逃避行の長い道のりは、どんなに不安だったか。まずは全員が無事であったことを喜びたい。

同時に、スーダンの人々を忘れたくはない。国連によれば、４８００万もの人口を抱える国である。国軍と準軍事組織がだしぬけに争い始め、外国人は辛くも脱出した。その光景を横目に祖国を離れることも出来ぬ人たちは、厳しい状況に置かれたままである。

「首都の市民は食料も水もなく取り残され、もはや限界だ」。そんな声を海外メディアが報じている。路上には遺体が放置されたままで、武装兵が店舗や住宅を略奪しているという。

ウクライナでの戦争が続くなか、スーダンでも戦闘が始まり、命が奪われる。争いをやめられない人間という生き物の愚かさを嘆く歌声が、どこからか聞こえる。〈僕は何て言えばいいんだろう〉。

月着陸、ならず　4・27

「鷲《イーグル》は舞い降りた」。人類初の月着陸をなしとげると、アポロ11号のアームストロング船長は無線で告げた。イーグルは着陸船の名である。じつに静かな着地だった、と伝記『ファースト・マン』（ジェイムズ・ハンセン著）にある。

宇宙探査に気楽な道のりなどあるはずもないが、それにしても綱渡りだったらしい。目的地は岩がごろごろしていた。別の場所を探して飛び続けると、燃料がみるみる減っていく。なくなれば月から戻れない。警告ランプが灯《とも》り、燃料切れまで残り30秒——というタイミングだった。

同じように燃料切れの危機に見舞われて、こちらは残念な結果となった。日本の宇宙ベンチャー「ispace《アイスペース》」による月着陸の挑戦である。月面を目前にしながら、降下中の逆噴射が十分できずに落ちたらしい。綱を渡りきるまで、あとちょっと。なんとも惜しい。関係した方々の落胆はさぞや大きかろう、ときのうの会見をのぞき見て、意表を突かれた。袴田武史代表は「着陸までのデータを獲得できた。次へ向けた大きな大きな一歩だ」と、じつに前向きであった。

宇宙開発をめぐり、国家が威信をかけて競争を繰り広げる。そんな時代から、民間企業も夢と資金を持ち寄って参入する時代へ。新しい歴史の始まりなのだろう。

『宝島』の作家、スティーブンソンは「われわれの目的は成功ではなく、失敗にたゆまず進むことである」と言った。はるか遠くにゴールを見据えた言葉だろう。夢も、宇宙も果てしない。

天下の義人、茂左衛門　4・28

〈天下の義人　茂左衛門《もざえもん》〉。こう聞いてピンと来るのは、群馬県にゆかりのある方だろう。郷土の名所や偉人などをよんだ「上毛かるた」に、地元の人は幼い頃から親しむ。有名な札は〈つつる舞う形の群馬県〉だろうか。次の〈て〉に茂左衛門は登場する。

この人物をもとにした短編小説「茂左」が第66回農民文学賞に選ばれた。江戸時代、県北部にあった藩で苛政《かせい》がしかれた。重い年貢に苦しむ村々を代表して、茂左衛門は江戸で将軍家への直訴におよぶ。藩主は領地をとりあげられたが、茂左衛門も磔《はりつけ》になる。

地元の英雄伝説をもとに、小説では主人公を人間くさく仕立てた。村の中で不満をまくしたて、売り言葉に買い言葉で訴え役を押しつけられる。覚悟を決めながらも、命が助からないかと願う。これで深みを増した。

著者の須藤澄夫《すとうすみお》さん(74)は群馬県の生まれ。いつか作品にしたいと、構想を温めてきたという。「世の中に怒っていいんだよ、と若い人たちに書き残しておきたくて」

統一地方選で少しは新しい風も吹いたけれど、政界を見渡せば世襲議員が幅をきかせている。赤ん坊のおむつにも親の葬式にも消費税がかかる。あれは年貢じゃあるまいか、という。

「変わっちゃーいねえな(略)江戸時代のアレは非道《ひど》くて、今の世のコレは非道かーねえんかい」。作中で現代によみがえった茂左はこう語る。未来を描く時、知るべき物語(story)は歴史(history)の中に埋まっているのかもしれない。

ラッコが見られなくなる日　4・29

あの年、珍獣ブームの立役者は3人、いや3種類いた。すたこら走るエリマキトカゲがCMに登場したのは1984年春。秋には、オーストラリアからコアラが初来日した。ぬいぐるみが飛ぶように売れた。

残る一つがラッコである。首都圏で初めて東京・池袋の水族館にやってきた。ぷかぷか、くるり。水に浮かんで器用に貝をわる姿は、じつに愛らしかった。ピーク時には全国に122頭いた。

それが、いまは三重と福岡にわずか3頭しかいないと、先日の本紙にあって驚いた。いずれも高齢にさしかかり、繁殖は難しいのだとか。いつの間にそんな――と嘆いていたら、ことは、それにとどまらないらしい。

ホッキョクグマやゴリラも飼育数が減っている。アフリカゾウにいたっては、昨年までの20年間で61頭から23頭になった。さらに20年後にはゼロになるという予測もある。足を運べばいつでも世界の人気者に会える時代は、とうに過ぎたのかもしれない。

数を増やそうにも、野生生物を守るために、海外からの輸入は厳しい。連れてくるにも、動物にストレスを与えないように、生息地に似た環境が必要になる。「動物福祉」という考えが最近の潮流だ。

きょうからの大型連休で動物に会いに行く人も多かろう。一足先に訪れた関東近郊のある動物園では、大きな体でのし歩くアフリカゾウに子供たちが歓声をあげていた。そんな光景がなくなるのはさみしい。同時に、動物たちにも幸せであってほしい。よくばりだろうか。

春の夜空を見上げる　4・30

キラキラと明るい星が多い冬と比べ、春の夜空には地味な印象がある。逆に星がまばらで遠くの銀河まで見えやすく、「宇宙の窓」と呼ばれるそうだ。プラネタリウムでも解説員が「春は宇宙をのぞくのに最適だ」と力説していた。

地球から約5500万光年離れたM87銀河が世界的なニュースになったのも、4年前の春だった。史上初めて撮影されたブラックホールの画像が公開されたのだ。つい先週も、周囲を取り巻く円盤状のガスの撮影が発表された。

M87は春、南に見えるおとめ座の方向にある。ギリシャ神話では、女神の娘が冥界へ連れ去られ、1年のうち4カ月を過ごすことになった。悲しんだ女神が姿を消すと冬になり、娘が戻って姿を現すと春が訪れる。

おとめ座のスピカは、和名を真珠星という。北斗七星はひしゃく星。英文学者の野尻抱影《ほうえい》は星の和名を集め、多くの著書を残した。ギリシャ神話の星座と違い、和名には農民や漁師らの生活に密着した独特の響きがある。

野尻は約700種を解説した『日本の星』で、北斗七星からスピカまでの「春の大曲線」の中央で光るうしかい座のアークトゥルスを麦星と記録した。麦の穂が色づく5月ごろ、「東北の中空で華やかな金じきに輝き出るこの星を表わして、遺憾がない」と評している。

種まきの時期や海上で方角を知るすべではなくなっても、星空には眺める者を捉えて離さない魅力がある。点と点をつないでいるうち、日々の悩みがささいなものに思えてくる。

2023

5
月

SFの父が描いた未来図　5・1

火星人が地球を襲う『宇宙戦争』などの作品でSFの父と呼ばれる英作家H・G・ウェルズは1933年、壮大な未来小説を発表した。西暦2106年の時点から過去の1世紀半を振り返る『世界はこうなる』は、奇想天外な展開だが、いま読んでも興味深い。

発表されたのは、ヒトラーがドイツ首相に就任し、日本が大陸侵略に向かうなどファシズムが暴威を振るい始めた時期だ。第1次世界大戦後の国際軍縮会議に出席したウェルズは、小説で次の大戦を予想しつつ、ユートピア的な世界国家の成立に至る未来図を描いた。

目を引くのは人口の推移だ。戦争や疫病が重なるなかで世界人口は激減し、破局を迎える。22世紀に入っても25億人しかいないようだ。

実際の世界人口は昨年、80億人を超えた。インドと中国だけで28億人以上いる。ただ、国連によると、世界の3分の2は人口維持に必要な出生率に達していない国や地域に住んでいるという。増え続けているのは限られた地域だ。

減少の最先端にある日本では先日、2070年に8700万人になるという将来推計人口が公

2023・5月

表された。しかも、総人口の１割が外国人との前提である。低賃金や円安が続けば流入が減り、もっと少なくなるかもしれない。

ウェルズの小説では、世界の再建過程で人口が監視・抑制された。現実の社会では、あってはならないことだ。人口とは出生や死亡、国境を越えた移動以外にも、生身の人間の複雑な要因や感情が絡み合った結果の数なのだ。

統一地方選で吹いた風　5・2

５年前の春、女性議員の少なさに危機感を抱いた大学教授らが初めて養成講座を開いた。当時、地方議会での女性比率は１割強。「ジェンダー平等な政治を」の声に、20～30代を中心に27人が集まった。ハラスメントや孤独な子育て、低賃金などでみな、生きづらさを感じていた。

学校や仕事帰りの平日夜に２時間ずつ、全５回。やりたい政策を語った初回は「格差のない社会」「夢のある街づくり」など抽象的な表現が目立った。もっと具体的に、法律も勉強して説得力を――。元地方議員らを招いた指導で、力強さが増した。

最終日の模擬演説では、全員が堂々と政策案を語るまでになった。ＳＮＳでの性被害相談や、空き家を利用した子育て支援などには講師側もうなった。「政治を変えたいなら地方議会からだと知った。目からうろこです」と話す姿が印象的だった。

先月行われた統一地方選の後半戦で、女性が躍進した。市議選で初めて2割を超え、4市区町では半数を超えた。あの講座の卒業生の名前を見つけ、夜の演説練習を思い出した。

地方議会で女性は増えたが、歩みは遅い。前半戦の知事選と政令指定市長選では当選者全員が男性だった。候補者男女均等法の施行から5年になるが、政党の動きは鈍い。かけ声だけでなく、本気で取り組むべきだ。

養成講座や政治塾に通う女性の多くは「地盤、看板、かばん」がない。組織と知名度と資金がなくても、世襲でなくても、勝負できる選挙文化に変わる時期ではないか。

憲法24条に込めた願い　5・3

「日本には女性が男性と同じ権利をもつ土壌はない、この条項は日本には適さない」。1946年3月、GHQと行った憲法草案の協議で日本政府は「男女同権」に異議を唱えた——。約60年後のインタビューでこう振り返ったのは、故ベアテ・シロタ・ゴードンである。

著名なユダヤ人ピアニストの娘で5歳から10年間を日本で暮らした。GHQ民政局に採用されて再来日し、憲法草案で女性の権利担当に。農村での身売り話などに心を痛めた記憶から「女性の幸せなくして日本に平和はない」と奮闘した。

協議は天皇に関する条項で難航し、日付が変わった。だが、日本側の剣幕に「眠気なんてすっとんでしまい、私は緊張でからだをこわばらせて」いたと話している（『ベアテと語る「女性の幸福」と憲法』）。

日本政府が反対した条項は最終的に残り、男女平等の礎として憲法24条にも生かされた。ベアテは他にも非嫡出子《ちゃくしゅっし》への差別禁止などを盛り込もうとしたが、詳細で憲法になじまなかったと晩年まで残念がっていた。

当時、新憲法の啓発用にGHQがつくった比較形式のポスターがある。男性だけが「妻ヲ支配スル」「財産ヲ所有スル」のが「憲法以前」。横並びの男女が「何事モ相談シテ決メル」のが「憲法以後」だ。

きょうは憲法記念日。家制度は消え、「以後」の76年で夫婦が平等になった、はずだ。だが、実態はどうか。家族の形が多様化するいま、ベアテが築いた「平等」の土台をどう生かすかが問われている。

積ん読の本たち　5・4

実家にある大きな父の本棚に一冊の本を見つけた。かねて自分が何度も挑戦しながら、読了できないでいる本だった。手にとってみて気づいた。刺繡《ししゅう》入りの栞《しおり》が前のほうのページに挟まったままになっている。たったそれだけのことだが、父親をとても近くに感じた。

読みたいけれど、読めない。積ん読というものは何とも悩ましい。どこか後ろめたく、読むと読まないの間の灰色地帯で、ときに溺れかけているような気にさえなる。

黄金週間も半分が過ぎた。机のうえに積んだままになっている書籍を、連休中にまとめ読みしよう。積ん読の本たちの「早く読んでくれ」との声が聞こえる。そんな方もいるのではないだろうか。

でも、大概うまくいかない。積ん読という言葉は案外と古い。都立中央図書館が調べたところ、起源ははっきりしないものの、江戸時代には「つんどく」や「積而置《ツンドク》」との表現が書籍に記されていたとか。

同図書館による積ん読ランキングで、第1位はプルースト『失われた時を求めて』。難解さで知られる古典ばかりでなく、辻村深月『かがみの孤城』やユヴァル・ノア・ハラリ『サピエンス全史』といった最近のベストセラーも上位に並ぶ。

我が親子がそろって苦闘したのは知の巨人、加藤周一の著書だった。なに、気にしまい。積ん読も読書のひとつだ。読了しても、ほとんどの内容をすぐに忘れてしまうのも人間である。ＡＩにはできまい、この緩さ。そう開き直って何回目かの最初のページを開く。

河童のお産　5・5

芥川龍之介は小説『河童《かっぱ》』で書いている。いわく「河童のお産ぐらい、おかしいものはありません」。父親は電話をかけるように、母親のおなかの子どもに向かって大きな声で尋ねるという。「お前はこの世界へ生まれてくるかどうか、よく考えた上で返事をしろ」

芥川らしいユーモアにあふれた話である。「僕は生まれたくはありません」。子どもがおなかからそう答えると、お産はとりやめとなる。河童の国の子どもは生まれるかどうかを自分で決める権利があるのだ。

さて、翻って人間の国で同じことがありえたら、どうだろう。私たちの社会は、母親のおなかの子どもが喜んで「生まれたい」と叫べるようなところだろうか。しばし腕組み考える。

日本では7人に1人の子どもが貧困に苦しむ。虐待があり、いじめがあり、若者の高い自殺率がある。「異次元の少子化対策」といっても、経済をよくしたいとの大人の事情が見え隠れするものだ。河童のように選べるならば、誕生をためらう子もいるかもしれない。

「若者はあなたたちの裏切りを許さない」。地球温暖化をめぐる4年前のグレタ・トゥンベリさんの国連演説を思い出す。「あなたたちが話すのは、お金のことと経済発展が永遠に続くというおとぎ話ばかり」。16歳だった彼女の怒りは真っすぐに大人たちに向いていた。

きょうは「こどもの日」。私たちはいま、遠い未来の笑顔のためにすべきことをしているだろうか。まぶしき新緑のなか、自らに問いかける。

2023・5月

黄金の馬車を見た日本人　5・6

ときは日露戦争の前夜、日本が英国と同盟の関係を結んでいた時代のことだ。明治の軍人であり、子爵であった小笠原長生《ながなり》は1902年、巡洋艦「浅間」に乗って英国に赴いた。エドワード7世の戴冠《たいかん》式に参列するためだった。

「金装銀飾燦然《さんぜん》として。真に天下の一大美観を極めたり」。式典のきらびやかさを、小笠原は『渡英日録』に記している。なかでも国王が乗った金色の馬車は強く印象に残ったようだ。「我邦の神輿《みこし》に四輪を添へたるが如《ごと》く」とある。

かの地ではきょう、チャールズ国王の戴冠式が行われる。1世紀余り前、小笠原が見たと思われる黄金の馬車「ゴールド・ステート・コーチ」も登場するそうだ。英王室の隆盛を象徴する「動く美術品」である。

ただ、この馬車、古いだけに乗り心地は悪いらしい。「荒海に放り込まれたよう」との歴代国王のぼやき声も残るほどである。最新技術を用いた現代的な馬車も併用される予定だ。長き伝統がゆえの難しさか。

そもそも王室の過去の栄華は、不正義にまみれた帝国の植民地支配の歴史と切り離せない。王室特権への批判や君主制反対の声もある。冷ややかな視線を意識してか、式典は簡素化を図るという。無理からぬことだろう。

チャールズ国王といえば、筆者はやはりダイアナ妃との離婚と、彼女の不幸な死を思い出す。葬儀で追悼曲を歌ったエルトン・ジョンは、戴冠式コンサートへの出演を辞退したという。多忙が理由とされるが、真に受ける人はまずいまい。

360度、変わる私　5・7

右から左へ。黒から白に。がらりと180度、正反対に変化するというのは、ひとにとって案外と易しいものではないか。心理学者の河合隼雄氏が随筆集『こころの処方箋《せん》』で書いている。難しいのはほんの少しだけ変わることだと。

河合氏はある人から言われたのだという。「私も随分と変わりました。変わるも変わるも360度も変わりました」。ぐるり1周回って元に戻り、それで変わったとはどういうことか。言い間違えだろうが、それもまた「素晴らしい変化」だと河合氏は思ったそうだ。

世界保健機関（WHO）が新型コロナの緊急事態の終了を宣言した。あすは日本でも「5類」移行がある。重大な節目に違いない。社会全体がいま、かつての日常に向け、大きく音をたてて動き始めている。

この3年間、私たちの生活は変容を強いられた。失ったものはあまりに重い。死者は692万人。後遺症に悩む人も少なくない。いかにウイルスは怖いか。引き続きの警戒は当然である。得たものもあっただろうか。孫と会えない。親と会えない。大事な人と過ごす時間の大切さを

2023・5月

痛感した歳月だった。どこにでも行ける自由さ、歌を歌う楽しさ。失うことで知った、そんな思いを、忘れてしまいたくはない。

きのう電車でマスクを外してみた。窓から入る爽やかな5月の風が、ほおに当たって心地よい。こうして私は3年前の私に戻っていくのだろう。でも、と思う。それは同じだけど、同じでない。360度変わった私である。

大きな字になって　5・8

あれ、ここには家があったはずだけれど——。連休中に久しぶりに帰省して、街の顔つきが以前と変わったことに驚いた方もいるだろう。ぽかりと口をあけた空き地や見知らぬアパートが立つ場所に、かつてどんな建物があったのか。見慣れたはずの道なのに思い出せない。

街とは、そうやって生まれ変わっていくものなのかもしれない。新しい光景も、時とともに日常の中に溶けていく。さて小紙も、1~3面などの顔つきが変わって1週間がたった。もうなじんでいただけただろうか。

この欄のまわりは、小さな出店がいくつも軒を並べていた。古今東西の英知が山積みされた古書店のような「折々のことば」は、少し離れたところで店を構え直した。両隣の広告で「いらっしゃい」と呼び声をあげていたお店は、左の1軒のみになった。

当方も屋根が高くなり、間口も広がった。全体の文字数は同じだが、1文字あたりの縦幅がわずかに大きくなり、その分、容積が膨らんだ。リフォームされた紙面をどんな空間にしていこう。世界的な建築家の伊東豊雄さんが『「建築」で日本を変える』で語っている。これからの街づくりで、建築家が果たすべき使命とは「人と人との繋《つな》がりを体感できる場所をつくっていくこと」であり、目に見えないコミュニティーに形を与えることだ、と。

ジャーナリズムにも通じる心であろう。世の中で埋もれている声を伝え、分断された社会をつなぎ直す。新装にあたって、そんな決意を新たにする。

2023・5月

米銀行の相次ぐ破綻　5・9

始まりは、電車内での女子高校生のたわいない一言だった。愛知県の豊川信用金庫へ就職が決まっていた一人に、もう一人が「信金は危ないわよ」と冗談をとばす。真に受けた当人から親戚へ、その知人へと話は広がり、夫婦が営むクリーニング店に流れ着いた。

店番中の妻が、多額の現金をたまたま下ろそうとしていた人と出くわした。「うわさは本当だった」。もう止まらない。得意先に電話をかけまくった。50年前にあった豊川信金取り付け騒ぎのいきさつである。

うわさやデマの恐ろしさは変わらない。いや拡散のスピードや規模がかつてとは比べようもない時代だけに、よほど注意が必要になったというべきか。相次ぐ米国の銀行破綻《はたん》で「デジタル・バンク・ラン」という言葉を聞いた。デジタル上の取り付け騒ぎ、という意味だ。

発端となったシリコンバレーバンクでは、経営が危ういといったSNSの投稿が一気に広まり、預金の流出に拍車がかかった。引き出すのもネットで。ある1日だけで5兆円超が下ろされたそうだ。

デマと事実を即座に見分けるのはそう簡単ではない。ならば立ち止まる。真偽はよく分からないけれど、どこかの預金者のために情報を共有しておこうか――こんな「善意」ほど怖いものはない。

経営に不審点があれば説明すると、豊川信金は当時、貼り紙をしたそうだ。かかってきた電話の主は「倒産の説明会をやっていると聞いた」。一度染みついてしまった見方を改めるのは、かくも難しい。

さらわれた子ども　5・10

「生命の泉《レーベンスボルン》」と呼ばれた秘密組織が、第2次世界大戦中のナチス・ドイツにあった。〝優秀な人種〟を増やすために、占領した国から青い目と金髪の子どもをさらう。言葉を教え込み、別の名前をつけ、ドイツ人の養子にする。

ナチスに傾倒する愛国少年だったアルフレートさんは後に、自分が幼い頃にポーランドから連れてこられたと知って驚愕《きょうがく》する。本当の名はアロイズィ・トヴァルデツキ。二つの国に心と家族を引き裂かれた半生は、著書『ぼくはナチにさらわれた』に詳しい。

きのう、プーチン大統領が対独戦勝記念日で演説するのを聞いた。人々に憎悪をまき散らしているのは欧米側だとし、「彼らは、ナチスの野望が何をもたらしたか忘れているようです」と語った。ならば問う。ナチスと同じように、占領地から子どもをさらっているのは、いったいどの国か。

ウクライナ政府によれば、ロシア軍に連れ去られた子どもは1万6千人を超える。姉弟でも別の施設に収容されてロシアをたたえる歌を何度も歌わされた、と救出された子が証言している。

2023・5月

養子に出された子もいるとの報告もある。

かつての敵の狂気を、鏡に映したかのように繰り返す。国際指名手配犯となったプーチン氏は、手前勝手な論理を振りかざす事しか出来ないのだろうか。

波乱の人生を歩んだトヴァルデツキさんがこう書いている。「人間性は何よりも他人を、他の状態を、他の意見を、他の民族をどう扱うかに現われる」。聞かせたい言葉である。

さようならノッポさん　5・11

じつは、ノッポさんは小さい頃から、工作が大の苦手だったという。模型飛行機づくりで竹ひごを火であぶると、失敗作の山が出来る。魚釣りへ行っても糸を結べないから、針なしで水面にぽちゃり。セロハンテープを長く貼れば、途中で脱線してしまう。

かつてのファンの一人としては、信じられない。1990年まで約20年間続いたNHK教育テレビの「できるかな」は、夢のような空間だった。チューリップハットのノッポさんがちょっと細工をすると、牛乳パックや洗濯ばさみがすばらしい宇宙船や動物に生まれ変わる。自分も、と挑戦した人は少なくあるまい。

番組ではずっと黙ったままだった。なのに真剣に向き合い、楽しむ気持ちが画面からあふれていた。だから愛された。終了後、講演などで「分かりましたか？」と聴衆に聞くと、いい大人たちが「ハーイ」と童心にかえって答えたそうだ。

「子ども目線」という言葉が嫌いだった。子どもと言わず「小さい人」と呼んだ。「自分が小さかったころをよーく思い出してみるといいのです。決して見下すような相手じゃないでしょう」

ノッポさん、高見のっぽさんの訃報《ふほう》が届いた。昨秋に88歳で亡くなっていたと聞き、驚きと寂しさがわき上がる。

後年には歌手デビューし、しゃべる場面も増えた。でも、心に残るのはやはり「できるかな」の最終回で初めて披露された艶《つや》のある声だ。「ああ、しゃべっちゃった。長い間、みんなと友達でいましたけど（略）さよなら」

＊2022年9月10日死去、88歳

アン王女の役割　5・12

英国のアン王女(72)は、故エリザベス女王の一人娘である。女王死去の4日後、女性王族として初めて棺のそばで黙禱《もくとう》する儀式に参加した。兄の国王の戴冠《たいかん》式後は軍服姿で馬に乗り、王立騎兵隊を率いて護衛役を務めた。

若いころから率直な言動で人気が高く、慈善団体や介護施設の訪問など多くの公務をこなす。約50年前の誘拐未遂事件では、銃を持つ犯人の要求を拒否して切り抜けた。前夫との間に息子と娘がいるが「普通に育てたい」と、王子や王女の称号を辞退している。

アン王女を見ると、英王室の底力を感じる。そもそも「民主主義国家の君主」というのは微妙な立場だ。数々の醜聞を乗り越えて続くのは、地道でぶれない貢献を積み重ねてきたからだろう。

歴史で培われた王室のバランス感覚は、昨年の首相辞任劇でも垣間見られた。コロナ下の官邸宴会など不祥事続きのジョンソン氏が、解散・総選挙で生き残りを図ったのだ。無謀だが、議会を解散する立場のエリザベス女王が首相要請を断れば、政治と社会が混乱する恐れがあった。

与党幹部と廷臣たちが相談し、ジョンソン氏が電話してきても「女王陛下は電話口に出ない」と決めたという。（セバスチャン・ペイン著『ボリス・ジョンソンの凋落《ちょうらく》』、未訳）。ジョンソン氏は自制し、辞任を受け入れた。

「君臨すれども統治せず」は英王室の原則だ。うまく機能すれば、政治の暴走を抑えることもあるだろう。国王は、女王のように政治と距離を置けるだろうか。

不手際な強盗事件　5・13

伊坂幸太郎さんの小説『陽気なギャングが地球を回す』に登場する銀行強盗の4人組は、誰も傷つけずに5分で4千万円を盗む。ウソを見抜く名人。精巧な体内時計のタイムキーパー。天才的スリ師。演説上手の雄弁家。特殊能力を綿密な計画が支える。

多くの作品で強盗を扱ってきた伊坂さんに、東京・銀座の事件をどう見たか聞いてみたい。まだ明るい夕方の犯行も、白い仮面も、警視庁本部近くを通る逃走経路も、全部に「ダメ出し」をするのでは。

高級時計店での強奪中、通行人はスマホで撮影し放題だった。「まだ大丈夫。30秒はいける」と粘った犯人らは約2分後、店を飛び出す。大きな車をあちこちぶつけた揚げ句、路地の行き止まりでマンションに逃げ込んだ。ベランダで警察官に説得される姿も動画に残る。

侵入容疑で逮捕されたのは4人。被害品は、すべて警察に回収されたとみられる。つまり、完全な「失敗」だったのだ。全員が10代という年齢から稚拙さも指摘されるが、そう単純ではないだろう。

2023・5月

指示役は別にいるのか。いるならどの程度まで指示し、どこまで現場に任せたのか。あまりの不手際に、何か裏があるのではないかと勘ぐりたくなる。隙だらけの「駒」を試し、だめなら捨てる、というような。

冒頭の小説では、4人組が強奪した金を別のグループが奪う展開になる。こちらのリーダーはヤクザ上がりで、高利貸で共犯者の弱みを握り、平気で使い捨てる。現実はどうか。事件の全容を知りたい。

母と娘の関係 5・14

長期入院で落ち込んでいたある日、気がつくとベッドの足元で母が椅子に座っていた。エリザベス・ストラウト著『私の名前はルーシー・バートン』は、米ニューヨークを主舞台に母と娘を描いた物語である。絶縁状態だった母娘が再会し、交わす会話が心に染みる。

ルーシーは地方の極貧家庭に生まれ、両親に愛された記憶がない。奨学金で進学し、結婚して子が2人いる。盲腸の手術で予後が悪い彼女に付き添うため、母が生まれて初めて飛行機に乗ってやってくる。

こじれた母娘関係の修復は、容易ではない。「愛していると言って」と頼む娘に、母は「バカな子だね」と首を振る。貧困や差別で負った母の心の傷に徐々に気づいた娘は、「私はこの母が好きだ！」と思うに至る。だが、母は唐突に去ってしまう。

娘の立場から私が感じたのは、母娘間の複雑な関係だ。親子の数だけ関係はあれど、父と娘や母と息子など他のどれとも違うと思う。父なら「やっぱりわかってもらえなかった」と思えても、母だと「なんでわかってくれないの」になってしまう。身近な分、期待値も高くなるのか。

きょうは母の日。近くにいても、もう遠くへ行ってしまっていても、母に感謝する日だ。〈母の日の母にだらだらしてもらふ〉正木ゆう子。ただ何もしないでいてね。そんな言葉でもいい。ルーシーは、帰郷した母へ「愛してる、来てくれてありがとう」と手紙を書いた。絵はがきで来た返事にはこうあった。「あたしだって忘れない」

ペンライトとうちわ　5・16

PENLIGHT（ペンライト）。故ジャニー喜多川氏による性暴力疑惑で、検証と謝罪を求めて署名活動をしている団体の名前に、ファンの思いを垣間見た気がした。ペンライトとうちわは、ジャニーズ事務所の所属タレントのファンにとって「必需品」だからだ。

多くは、ライブツアーのたびに公式のペンライトを買い替える。他の観客の邪魔になるため、頭上で振るのは禁止だ。顔写真が付いた公式うちわも、胸の高さに抑えて持たなければいけない。うちわを手製で飾り付けたいなら、サイズは縦28・5センチ、横29・5センチまでと決められている。61年前の創業以来、多数の男性アイドルを送り出してきた同事務所は、ファンとの間に独特の「ルール」も築いた。

喜多川氏から性被害を受けたとの告発で、事務所の藤島ジュリー景子社長が謝罪動画と書面を公開した。行為を「知らなかった」とし、第三者機関による検証もしないという。芸能界に絶大な影響力を持ち、ファンを仕切ってきた立場の回答として納得できるものではない。

当事者の喜多川氏がおらず、事実認定は「容易でない」とも。だが、被害者が抱える精神的な苦痛は、時間がたっても消えはしない。独立した調査と検証がないままではネットなどで臆測が広がり、二次被害も懸念される。

署名団体の発起人の女性は、ファンを続けると「性暴力の容認になるのではと悩んだ」という。タレントに罪はないのに、そのファンを苦しめていることにも、怒りを覚える。

ＬＧＢＴと学校教育　5・17

性的少数者への理解を広める目的でも、これほど反発されるとは。自民党がきのうまとめた「ＬＧＢＴ理解増進法案」は、批判的な一部の保守派議員らの意見であちこちが修正された。目に付いたのは、学校教育に関する発言である。

議員の一人は「おとぎ話の王子様は男性と結婚しましたというような教材」が学校で使われることに、真顔で懸念を示した。「普通に考えたら、ちょっと行き過ぎた教育」でまかりならんというわけだ。では、実際に使われている道徳教科書はどうかと開いた。

たとえば、ある中2の「公正、公平、社会正義」の項目はこう始まる。「性のあり方は、男・女の二つだけではなく、人の数だけあります」。そして、「好きになる性」が異性であるのが「普通」とされたら、性的少数者が悩むことがあると書く。

別の社の中3では、体の性、心の性、好きになる性、表現する性を丁寧に説明している。欧米などでも学ぶ四つの性だ。来春から使われる小学校の教科書でも、保健や道徳で「性の多様性」に触れたものが目立つ。

2023・5月

いずれも現実的で、実社会で役立つ知識が得られる内容だ。制服のスカートを嫌がる女子生徒や、不登校のロングヘアの男の子の実例もあった。浮世離れした議員らとは無関係に、教育現場では違和感を持つ子どもと向き合ってきている。

きょうは「LGBT嫌悪に反対する国際デー」だ。大人は子どものお手本で、偏見があれば言葉や態度にあらわれる。反面教師にはなりたくない。

グローバルサウスって何？　5・18

日本語では東西南北だが、中国語では東南西北と書く。マージャンがお好きな方はよくご存じだろう。一方で、英語では北南東西の順になることが多い。同じ四方を表すにしても、国や言語によって順番が変わってくるのは興味深い。

あすからG7広島サミットが始まる。岸田首相が掲げるキーワードのひとつは「グローバルサウス」だ。直訳すれば「地球規模の南」か。主に南半球にある新興国や途上国を、G7側に引きつけたいということらしい。

ところが、この言葉、サミットの首脳声明では使われない見通しになったそうだ。「上から目線を感じる」「ひとくくりはよくない」などの異論が参加国から出たからだという。日本政府は国内の説明には使い続けるが、G7の文書には用いないことにしたとか。

振り返れば、かつて米ソ冷戦の時代、外交における東西南北は分かりやすかった。東は社会主義、西は自由主義の陣営をそれぞれ指した。どちらでもない国は第三世界と呼ばれ、それは南とされる途上国とも重なった。

ときを経て、21世紀の世界は米国と中国の対立に揺れている。民主主義国と権威主義国といった分断の概念も盛んに言われる。南の国々の影響力は増し、東西南北は複雑化した。

そもそもどの国が南なのか。四方を表す順序のように、グローバルサウスという言葉の位置づけは国によって大きく異なる。そんな言葉を、日本外交が内と外とで使い分けるのはなぜだろう。いささか分かりにくいのではないか。

省エネの大食漢　5・19

見事な食べっぷりはどこか人を魅了するもののようだ。「海の掃除屋」と呼ばれ、水族館の人気者であるオオグソクムシの食欲はすさまじい。暗い深海の底でひっそりと暮らす、体長10センチほどのダンゴムシの仲間である。死んだクジラや魚が沈んでくると、これを食べる。食べる。食べる。

いったいどのくらい大食いなのか。長崎大による最新の実験結果を聞き、驚いた。一度に食したのは、なんと体重の半分もの重さのエサだったそうだ。多くの生き物では数％が限界というから、桁外れの大食漢である。

満腹後には動きが鈍くなり、代謝が低くなることもわかった。いわば省エネモードに入り、長い断食に耐えられるらしい。計算上は、生きるのに必要なエネルギー約6年分を1回の食事でまかなえるとか。

たくさん食べても、エネルギーを乱費しない堅実な省エネ生活とは、何ともすばらしい。エサの少ない深海ならではの知恵だろう。同大准教授の八木光晴《みつはる》さん(43)は「面白いですよね。考えさせられる生き様です」。

身体の代謝に限らずにいえば、地球上で最も激しくエネルギーを使っている生き物は人類である。食事からトイレまで、その暮らしは電気などの大量消費に支えられている。「人間は異質です。巨人のようにエネルギーを使い、地球に負荷をかけている」と八木さんは指摘する。

電気料金の大幅値上げのニュースにため息をつき、節電を意識しながら考える。私たちがオオグソクムシから学べるものは何だろう。

原爆はどこに落ちたのか　5・20

あの原爆はいったい、どこに落ちたのだろうか——。雨空の広島できのう、G7各国の首脳たちがそろって平和記念資料館に訪れる映像を見ながら、そんな問いが頭に浮かんで、消えない。

原爆はどこに落ちたのか。それは日本に落とされた。過ちに満ちた苦難と惨禍を経て、78年前、もう二度と戦争はごめんだと誰もが思った。その国でいま、安全保障政策の大転換が進む。専守防衛の原則さえが揺らぐ現状を、どう考えるべきなのか。

原爆はどこに落ちたのか。それはアジアに落ちたとも言える。ところが、隣国を見渡すとき、そうした認識の共有は残念ながら見えない。北朝鮮の危うい挑発はやまない。中国は急速な軍拡を進めている。

原爆はどこに落ちたのか。それは世界に、この地球に落ちたのだ。それなのに、いま聞こえてくるのはロシアによる露骨な核の脅しである。核を持つ国々はいずれも、何ら軍縮に踏み込めていない。バイデン米大統領もオバマ氏と同じく「核のボタン」を広島に持ち込んだのだろう。現実は重く、厳しい。

サーロー節子さんが、本紙で語っていた。核をめぐる議論で大切なのは「人間というものを中心に持ってこないといけない」とする考え方だと。ひとの命の尊さを顧みないような核政策は「狂気の沙汰」なのだと。

「核なき世界」は必ずや実現する。現実を直視しつつも、理想を掲げ続けたい。きのう慰霊碑の前で黙禱《もくとう》した首脳たちは、しかと心に刻んだろうか。原爆は、広島に落とされた。

ゼレンスキー氏の広島訪問　5・21

戦時下にある国のリーダーはいかなるものであるのか。きのう電撃的な広島入りを果したウクライナのゼレンスキー大統領の姿は、そのひとつの形をはっきりと示しているように見える。「人間は理屈によって納得するが、感情によって動く」。ニクソン元米大統領がそんな言葉を残している。「指導者は歴史の力になるような電撃的なアイデアにたよって、事を運ばなければいけない」。突然の驚きを伴う広島訪問は、それ自体が世界の人々の気持ちに触れたのではないか。

昨年2月のロシアの侵攻までは、支持率が低迷していたというから不思議なものだ。戦争が始まってから存在感が増したのは、多くの国民の意を受け、対決姿勢を強調しているからなのだろう。戦時に求められるのは、常に強いリーダーということか。

精力的に世界を回る目的も、軍事力などの支援を得るためである。先日も欧州諸国を訪ねたばかりだった。戦争は政治の延長である。ロシアからすれば、さぞ嫌な動きに違いない。

今回の広島訪問について、どこか割り切れない感情を持つ人もいるのかもしれない。戦争で使う武器を求めに来るのに、被爆地ほどふさわしくない場もなかろうとも思う。だが、非道な侵略を受けている側にそれを言うのは、何とも酷だろう。

「平和はきょう、より近づく」。ゼレンスキー氏は広島に着いて、すぐにツイッターでつぶやいた。その言葉が現実となるような議論を、G7に集まった各国リーダーたちには求めたい。

もうひとつのヒロシマ　5・22

それは、はっきりとした違いだったという。広島の被爆者には、8月6日の朝、あの閃光《せんこう》の記憶から自らの体験を語り始める人が少なくない。しかし、朝鮮半島出身の被爆者は異なっていた。なぜ日本に来たのか。話はまず、そこから始まった。

この違いこそが、朝鮮の人々の被爆の「核心」ではないか。元記者で、広島市長を務めた平岡敬《たかし》さん（95）は40年前、著書『無援の海峡』に書いている。何人もの被爆者に会い、韓国にも行った。幾多の苦しみの声を、じかに聞いた人ならではの気づきなのだろう。

広島は、被害の歴史の象徴である。だが、この国のあやまちの過去と無縁というわけではない。被爆した朝鮮半島出身者は数万人とも言われるが、実態はいまも、よく分かっていない。彼らはなぜ、広島にいたのか。日本の植民地支配なしには語れない。

「国の歴史には栄光の歴史だけではなく、恥辱の歴史というものもあります」。元市長は記した。「日本人はその両方を背負って行かねばならぬはずです」

戦後、日韓双方の政治に翻弄《ほんろう》された問題でもある。韓国人の被爆者の慰霊碑は1970年にできたが、平和記念公園内に置くことは認められなかった。公園への移設容認は98年。ときの市長は平岡さんだった。

G7サミットが終わった。きのうの朝、漢字とハングルが刻まれた慰霊碑の前に、そろって立つ日韓両首脳の姿があった。戦後78年にして、初めてのことである。5月の風が白いユリの花を小さく揺らしていた。

5月の風、解散の風　5・23

どこか希望の匂いがするからだろうか。若葉を吹き抜けてくる風には、心が浮き立つ。〈十の椅子丸く並べて風薫る〉山崎千枝子。小さな学校の教室で、ちょこんと座った生徒たちを育むように風が吹く。そんな光景が浮かぶ。

さて、初夏の広島サミットでは九つの椅子が丸く並べられた。主要7カ国に欧州連合（EU）を加えた円卓には、訪日が危ぶまれたバイデン米大統領も無事参加した。ウクライナのゼレンスキー大統領も駆けつけ、岸田首相には晴れがましい3日間であったろう。

この「成功」を受けて、首相は衆院を解散するのか。永田町の住人の関心は、サミット後の国際社会の行方よりも自らの首の行方へと傾いている。首相は閉幕後の会見で「いま解散総選挙については考えていない」と述べたが、とても文字どおりには受け取れない。

自民党の総裁選は来年秋。その前に解散して選挙に勝ち、求心力を高めるのが常道だ。ならば、サミットの勢いを借りてこの国会期末で——以前からそよいでいた解散風がやおら強まって、肌に感じられるほどになってきた。

風にまつわる夏の季語では、青葉を揺らすやや強いものを「青嵐《あおあらし》」という。暑い盛りにぴたりとやむ「風死す」もある。どちらになるのか、この政界の天気図ばかりは風神様でもご存じなかろう。

防衛費の財源問題など、国会は大事な審議が目白押しである。議員諸氏、薫風に心を浮き立たせたとしても、解散風に右往左往するのはどうか勘弁してもらいたい。

辞められないヤクザ　5・24

強欲な老政治家が裁判に訴えた。判決の当日、弁護士が電話で結果を伝えた。「先生、やはり正義が勝ちましたよ」。政治家は即答した。「そうか控訴してくれ。金ならある」。さるジョーク集に見つけた。

司法は、小話の格好のターゲットだ。思い込みや常識をひっくり返す。でもさえないオチなら、先日の紙面にあった現実に負けてしまうかもしれない。

愛知県に住む暴力団の幹部が、高速道路6社などを相手に裁判を起こした。訴えにいわく、暴力団関係者であることを理由にＥＴＣを通れるカードの利用を止められたのは「公序良俗に反する」と。

　むろん暴力団員にだって人権はある。しかし世知辛い社会をきまじめに生きている者にすれば、公序良俗に反しているのはどちらか、と言いたくもなろう。足を洗えば済むことだ。そう書きかけて、ことはさほど簡単でないと、社会学者の広末登さんが書いた『だからヤクザを辞められない』に教わった。

　組を抜けても数年間は、銀行口座をつくれない。家を借りられない。携帯電話を契約できない。各地に条例があるからだ。就職ができないから、別の場所で良からぬ道に舞い戻る。何度も見てきた姿だという。

　暴力団対策法が施行されて30年超。暴力団員の数は、施行前の2割台になった。社会の病巣は薬が効いて小さくなった。転移させない仕組みの充実が、次は必要だ。本にあった現役組員の言葉が記憶に残る。辞めたいけれど辞められない。「ワシらは迷子になっている」

マイナカード総点検　5・25

『マーフィーの法則』（アーサー・ブロック著）は、米社会での皮肉と警句を集めた、かつてのベストセラーだ。こんな言葉がある。〈どんなに素晴らしい仕事を上司に示しても、上司は、その結果に手を加えようとする〉。おや、弊社記者のぼやきをどこかで聞いていたのだろうか？

こんな一節もあった。〈何かをしようとすると、先にやらなければならない何かが現れる〉。霞が関や自治体でマイナンバーを担当している役人は、まさにこんな気分かもしれない。

それにしても次から次へトラブルがあるものだ。別人の住民票が交付され、知らぬ人の医療情報が結びつけられ、今度は誤った口座が登録された。後者二つは、政府が言うように、単純な「人為的なミス」だとは思う。しかしそれも、強引にカードの普及をはかった政府の方針と無縁ではなかろう。

ポイント付与というアメで釣り、健康保険証の廃止というムチで叩《たた》く。自治体の窓口には、カード申請の駆け込み行列ができた。その果てに、データの「総点検」をやらざるを得なくなるとは皮肉なものだ。

マーフィーの法則から、もう一つ。〈プロジェクトの90％を終了させるには、決められた期間の90％の時間がかかる。残りの10％を終了させるにも、同じだけかかる〉。

点検が済んでも、マイナンバーと各種データのひもづけ作業が続く以上、「人為的なミス」は今後もありうる。そこまで射程にいれた対策を政府としてたてねば、制度の信頼は失われるばかりだ。

円珍和尚の記録　5・26

平安時代の『今昔物語集』には、超能力者のような高僧がたくさん登場する。唐から戻ったある和尚がふいに、仏具を振って西の空に水滴を散らした。何をしているのか。怪しんだ弟子が問うと「住んでいた寺が燃えているので」。

翌年、寺から便りが届いた。「にわかに大雨が降って火を消してくれました」。海の向こうを見通して奇跡を起こしたと尊ばれた、とある。天台寺門宗の開祖・円珍。そんな伝説の持ち主が唐から持ち帰った一連の文書などが、ユネスコの「世界の記憶」に登録された。

目玉は、現地の役所が記した「過所《かしょ》」だ。仏教を学ぶために長安へ行き帰りする際の通行許証となった。長い旅路は、千里眼の持ち主でも思わぬ危険が潜んでいたに違いない。パスポートのスタンプを見返すように、円珍も後日、過所の文字に去りし日を思い出しただろうか。

感心するのは、文書が1100年超の長きにわたって、炎をかいくぐってきたことだ。所蔵してきた滋賀の三井寺《みいでら》は、源平合戦や南北朝の争乱などで何度も焼かれた古刹《こさつ》である。非常時にはすぐに背負って持ち出せるように、寺の全員で備えてきたそうだ。必死で守った

「記録」が、世界の「記憶」となったことを祝いたい。

寺の長吏である福家俊彦《ふけしゆんげん》さんは、歴代の思いをこう表現した。「どうしても後世に伝えるという使命感、確信、意志の積み重ね」である、と。裁判記録を次々と捨てる「不適切な対応」を重ねた黒い法衣の人たちに、聞こえるだろうか。

「ふるさと」の惨劇　5・27

〝ふるさと〟という言葉は、年齢を重ねるとともに、追憶とまじりあって心の奥深くまで染みこんでくる。〈兎追《うさぎお》ひしかの山　小鮒《こぶな》釣りしかの川〉。日本の原風景をうたった『故郷《ふるさと》』ほど、多くの人に愛される歌もないだろう。

国文学者である高野辰之が作詞を手がけた。きのう、出身地にたつ記念館を訪れた。つむがれた歌詞は、生家の裏山などでの思い出がもとになったと伝えられているそうだ。一帯には、ヒバリがさえずる穏やかな風景が広がっていた。長野県中野市である。

明暗の差は、事件の悲しみをいっそう深くする。そこで4人死亡という凶行が起きてしまった。住民が避難していた中学校では一夜明け、3時間目からの授業となった。車で子どもを送ってきた保護者の顔には、不安げな表情が張り付いたままだった。

犯行時に、迷彩服で身を固めた男は、女性を追って畑で刺し、警官に発砲すると歩いて去ったのだという。「銃を下ろして」という警官の呼びかけにも無表情だったと聞いて、不気味な印象だけが残る。命を奪うことに、ためらいのかけらもなかったのか。

男が立てこもった自宅から、母親は逃げた。警察に「あれは自分の息子だ」と告げたそうだ。母の心情を考えると、何ともせつなくなる。市議会議長だった父親は議員を辞めた。

『故郷』の歌詞はこう続く。〈如何《いか》にいます父母　恙《つつが》なしや友がき〉。親の愛情や地域の人々の励ましに支えられた日が、男にもあったろうに。いったい何があったのか。

動物の言葉がわかるには　5・28

スキスキスキスキ――。早朝に自宅の窓を開けたら、鳥の鳴き声が聞こえてきた。はっきりした「発音」に驚きつつ双眼鏡を手に見渡すと、いた。集合住宅の屋上で、胸にネクタイのような黒い線があるシジュウカラが鳴いていた。
この鳥を追って18年になる鈴木俊貴さん(39)は、1年の半分以上を森林で過ごす。ピーツピやジャージャーなど多様な鳴き声を観察・分析。「シジュウカラは言葉を話す」と証明した論文は、国際的な注目を集めた。

鈴木さんを訪ね、動画を見ながら「通訳」してもらった。巣の外で鳴く親鳥は、ヒナに巣立ちを促しているそうだ。急に鳴き声が変わったのは、敵が来るとの注意喚起だという。直後、巣の下を猫が通った。

この春、東大先端科学技術研究センターに世界でも珍しい「動物言語学」の研究室を開き、鳥以外の動物へも対象を広げた。「人間だけが言葉を持ち、動物は感情で鳴く」という考え方を覆したいという。動物の言葉を理解するには、人間の価値観から離れるべきだとも。

動物語というとドリトル先生が頭に浮かぶ。彼は２００年前に賢いオウムから鳥語を学んだ。それを端緒に犬語や馬語などを習得したが、最初に教えを請うたのは「鳥のイロハ」だった。どうやら先生も、人間を中心に考えていたようだ。

地球上で人間は特別でも偉くもないと自覚すれば、自然や環境保護への姿勢も変わるのではないか。シジュウカラを突破口に、無限の豊かさや共生の道が開けるかもしれない。

小津安二郎とカンヌの快挙　5・29

1992年の秋、俳優の笠智衆さんの自宅へうかがう機会があった。監督・小津安二郎との思い出を穏やかに語ったあと、居間の壁に飾られた絵を指さした。「ベンダースさんからいただきました。小津先生を尊敬されている方です」。その5カ月後、笠さんは88歳で亡くなった。

ドイツの巨匠ビム・ベンダース監督にとって、小津は「映画の聖なる宝」と呼ぶほどの存在だ。小津作品には欠かせなかった笠さんに自作の絵を贈ったことからも、強い思いがうかがえる。

ベンダース監督は、『パーフェクト・デイズ』で今年のカンヌ国際映画祭に参加した。期間中の日本メディアの合同取材で、主演した役所広司さんの肩に手を置いて言った。「私の笠智衆がここにいます」。監督からの最高の賛辞だろう。

その役所さんが、男優賞に輝いた。例年以上に豪華な顔ぶれとなったコンペ部門で、快挙である。昨年の韓国俳優に続く受賞に、NHKの取材で「アジア人同士で力を合わせることで、アジア映画が力強くなっていくのでは」と話した。

演じたのは、渋谷の公衆トイレ清掃員だ。小津の『東京物語』で笠さんが演じた主人公と同じ姓を持つ。しみじみとした老父と、貧しくも満ち足りた清掃員。2人を比べるのも楽しいのでは。

かつて弊紙のインタビューで、役所さんは「誠実に生活しているそのまま」が笠さんの魅力だと語っている。小津作品を通じて愛された先輩のように、アジアへ世界へと、さらに活躍の場を広げてほしい。

さよなら、週刊朝日　5・30

出前のラーメンを食べている人がいる。原稿用紙を破って投げつけている人がいる。殴り合いのけんかのそばで、風呂上がりの人が歩いている。きょう発売となる週刊朝日の最終号は、かつての編集部をユーモラスに再現した写真が表紙である。

確かに、つい少し前までは、そんな混沌《こんとん》と粗暴さが私たちの日常だった。創刊から101年。日本で最も古いとされる総合週刊誌が、長い歴史の幕を閉じる。身内びいきに言わせてもらえば、時代の歯車がカチリと鳴る音が聞こえるようだ。

先週末、最終号の校了の日に編集部を訪ねた。「新聞が伝えきれない、こぼれ落ちた思いや興味を伝えるのが週刊朝日だった」。最後の編集長となった渡部薫さんは言った。ひとつのメディアが「鼓動」をとめる。そのことを「記録だけでなく、人々の記憶にとどめたい」。編集部では、最後の見出しをめぐる議論をしていた。「さようならのその先」はどうか。休刊は「こんちくしょう」ではないのか。いや、それより「ありがとう」を入れたい。記者らのやるせない気持ちがぶつかりあう。

校閲の担当者はピンと背筋を伸ばし、原稿を読み込んでいた。編集者は黙々と点検のペンを走らせている。「本当にやめちゃうの?」。読者から電話がかかってくる。「ずっと読んできたのに」「さびしい」

最終の頁《ページ》が校了したのは深夜だった。輪転機がまわり始めるころ、社を後にした。やり場のない思いを込め、暗い空を見上げる。さよなら、週刊朝日。

人気者のウラの顔　5・31

ケンくんは人気者だ。くりっとした目が可愛らしいし、華麗なフォームで泳ぐ姿は見ていて誰もが惚《ほ》れ惚《ぼ》れするほど。彼に会うために、上野動物園にやってくるファンがいる。ケンくんはカワウソの一種、コツメカワウソの雄である。

犬やネコのように、ケンくんの仲間を自宅で飼いたい。そう思ってペットショップで購入する人さえ、いるらしい。でも、ちょっと待ってほしい。「個人で飼うのはお勧めできませんね」と話すのは、同園の教育普及課長、大橋直哉さん(49)。

何しろ、あくまで野生動物である。人にはなつきにくい。飼うには泳ぎ回れるプールが要るし、糞《ふん》の臭いはかなりきついそうだ。病気になっても、カワウソを診てくれる獣医師さんは少ない。

大橋さんも昔、カワウソの愛くるしさにひかれ、希望して飼育の担当になったことがある。飼いたいとの気持ちはよく分かるだけに、「かわいいのその先も、伝えていかなければ」。

きょうは「世界カワウソの日」だという。野生の動物をペットにするのは、種を絶滅に追い込んだり、密猟や密輸につながったりする危険がある、と保護団体は訴えている。かつてのアライグマのブームのように、捨てられた外来種が生態系を壊す懸念もある。

ケンくんの食事を見せてもらって、びっくりした。ニワトリの頭を強力なあごで、ガツガツガツ。食べ終わると、ニカッと歯を見せ、笑った(ように見えた)。うーん、確かに。かわいいけれど、私にも無理かな。彼との同居は。

2023

6月

恋に落ちたペンギン　6・1

絵本『タンタンタンゴはパパふたり』は、オス同士のペンギンが恋をする物語だ。別のペンギンが放置した卵を、2羽は大事にあたためる。やがてタンゴが生まれると、3羽は家族になった。ニューヨークの動物園での実話が基になっている。

英国に住む作家ブレイディみかこさんによれば、かの国でも広く知られた絵本らしい。保育士だった彼女も、保育園で幾度となく読み聞かせをしたそうだ。園児たちが決まって盛り上がるのは、オス同士のペンギンが「愛し合っているに違いない」というところだったとか。

そこでの彼女の気づきが素晴らしい。子どもにとって「誰と誰」が恋したのかは問題でない。その人がマイノリティーであっても関係ない。重要なのは、誰かが「恋に落ちる」ということ。著書『ぼくはイエローでホワイトで、ちょっとブルー』に作家はそう記している。

誰でも、誰に対しても、結婚の自由が認められるような社会に向け、重い一石を投じる判決が出た。おととい、名古屋地裁はこれまでより踏み込んで、同性婚を認めないのは「違憲」との判断を示した。

2023・6月

世界では30以上の国が同性婚を認めている。日本でも世論調査は「容認」が過半数を占める。もはや「社会が変わってしまう」（岸田首相）などと言っている場合ではあるまい。

実際、結婚も家族も多様である。ブレイディさんは中学生の息子に言われたそうだ。「いろいろあるのが当たり前だから」。日本の政治も、そんな現実を直視してほしい。

将棋の神様への捧げ物　6・2

名人戦で勝てるのは、名人になるべき者だけである。名人とは「将棋界全体が選んだ、将棋の神様への捧げ物」（河口俊彦八段）であるのだから——。そんな不可思議な名言がいくつも存在するぐらい、将棋界における名人のタイトルは特別な意味を持つものらしい。

藤井聡太・新名人の誕生である。史上最年少であり、七冠という偉業の達成でもある。私たちはいま、歴史に刻まれるべき、藤井時代を見ているのだと痛感する。

きのうの対局後の感想戦が、何とも印象深かった。互いに自らの一手一手を考え直しながら「桂は考えてなかった」「歩を打つとか」「あっそうか」。熱戦の直後とは思えぬ、穏やかなやりとりが30分以上も続いた。極限まで考え抜き、無言の対話を続けた2人だからこそ、わかり合える世界があるのだろう。

「感想戦は敗者のためにある」。新名人の好きな言葉だという。勝者は喜びを露《あら》わにせず、未見の最善手を追求する。敗者は悔しさをぐっとこらえ、失敗からの学びを次につなげようとする。それは将棋というゲームの深みである。

昔は3時間に及ぶ感想戦もよくあったというから驚く。昭和の名人、升田幸三は鬼手を胸中に秘めて局後の検討を楽しんだ。十五世名人の大山康晴は、感想戦では「どんなことでもいえる」と言い放っていたとか。

新名人はタイトルの奪取に緩むことなく、さらなる高みを目指す。いったいどこまで強くなるのか。「捧げ物」を受け取る神様も、さぞ楽しみに違いない。

大学生がはじめた無料塾　6・3

きょう、学校で何があった？ そんな、よくある問いかけも、あえてしないのだという。なぜなら、誰もがみんな、学校に行っているわけではないから。学校に行かないことを気にしている子もいるから。きょう、何があった？ それでいい。

中央大学4年の吉沢春陽《はるひ》さん(21)はいま、そんなことをいつも考えながら「かわさき芽吹《めぶき》塾」の代表を務めている。経済的に困窮する家庭の子どもや、不登校の子ら40人の中高生に無料で勉強を教える塾である。講師はすべてボランティアの大学生。運営は寄付などで成り立っている。

始めたのは2年前。日本の子どもの7人に1人が貧困に苦しんでいる。そう書かれた新聞記事を読んだのがきっかけだった。「自分は恵まれていたんだと気づきました」

授業の様子を見せてもらった。土曜の夕方、川崎市にある公共施設の一室に、若者が集まってくる。講師と生徒はほぼ一対一。「おー、いいねえ」「いえー」。友達同士のような会話が聞こえる。何やら楽しそうだ。

いまや無料の塾は全国にある。学校の授業についていけない。お金のかかる塾に行けない。「居場所」がない。そんな子どもたちの大切な学び場だ。でも、では、そもそも学校って何なのだろう。素朴な疑問も頭をよぎる。

「やる気があるから、みんな学力の伸びがすごいんです」と吉沢さん。別れ際に尋ねてみた。いま何が大事だと思いますか。「人情と、思いやりです」。はにかんだ笑顔と一緒に、そんな答えが返ってきた。

普賢岳火砕流から32年　6・4

「安全な場所からお伝えしています」。浸水や土砂崩れなどの様子を伝えるテレビ中継で、こんな言葉を聞くようになったのはいつからだろう。各地に爪痕を残した今回の豪雨でも、やはり耳にした。

災害の現場に近づこうとするのは、記者の業《ごう》である。行かねば何が起きているのか分からない。しかし危険の大きさを見誤れば、自分も被災者になってしまう。難しい綱渡りをしようとするとき、メディアが忘れてはならない痛恨事がある。

長崎県の雲仙・普賢岳。１９９１年のきのう、43人が火砕流にのみ込まれて犠牲となった。うち16人が報道関係者である。一帯に避難勧告が出た後も、山がよく見える「定点」と呼ばれた場所にとどまっていた。その対応にあたった消防団員12人とタクシー運転手４人らが巻き添えになった。

地元の雲仙岳災害記念館には、高熱で溶けた三脚やカメラが並んでいる。先日訪れると、地元の方だろうか、高齢の２人連れがいた。「マスコミさえいなければ、犠牲者はもっと少なかった」。

2023・6月

本音だからこそ、ささやき声だったのだろう。身の置きどころがなかった。

災害現場や紛争地では、公的機関が決めた線引きを越えて取材しなければならないことはある。ただ、報道の自由が市民の犠牲のうえに成り立つものであってはならない。重い教訓である。

記念館から「定点」に向けて車を走らせた。この道を記者たちはたどったのか。この空を巨大な噴煙が覆ったのか。普賢岳がぐんぐんと迫ってきた。

陸前高田市での植樹祭　6・5

画家・池田学さんの大作「誕生」は不思議な作品だ。波を受けた大樹が満開の花を咲かせている、と遠目には見える。でもそれが、細いペン先で描かれた無数の事物の集合体であることに、目をこらすと気づく。

三陸鉄道の車両、除染土の入ったフレコンバッグ、祈りの手……。東日本大震災のモチーフがこれでもか、と描き込まれている。完成に約3年を費やした。「災害で傾《かし》いだ巨木がそれでも根を張り蘇生していく」さまに、池田さんは未来への希望を込めた。

蘇生するのは樹木だけではない。被災者の心や街の姿も、である。新たな暮らしに根を張り、光の方へ向かってゆく。きのうの小さな苗木は、その誓いにも見えた。岩手県陸前高田市で開かれた植樹祭である。天皇、皇后両陛下も出席し、県の木である南部アカマツなどが植えられた。

会場のわきに「奇跡の一本松」があった。あの年、孤高の姿にどれほど多くの人が励まされたことか。震災モニュメントとなった足もとでは、4万本のマツの幼木がいま育っている。

地元のNPO法人「高田松原を守る会」やボランティアの手で植えられ、理事長の鈴木善久さん(78)の背丈を越えるほどになった。それでもかつての白砂青松の光景を取り戻すには、50年ほどかかるという。

「50年後に風になって空を吹き渡りながら、復興した松原を見たいんだよ」。鈴木さんは夢を語った。私もこの世にはいまい。こちらは鳥にでもなって見学させていただこう。風に乗って、ともに。

時代と自然と夏の季語　6・6

梅干し、梅酒に梅シロップ。氷砂糖に漬け終わった梅を取り出して煮たジャムも格別だ。平年より高い気温と降水量の多さで、今年は青梅の収穫が早まっているという。そろそろ梅仕事をしようと焦るうち、日本列島は西から梅雨入りが進む。

きょうは二十四節気の芒種《ぼうしゅ》。稲のように穂先がとげ状の「芒《のぎ》」を持つ穀類の種をまく時期で、梅雨と重なる。地球温暖化で混乱しそうな季節感を、言葉でつなぎとめたいと思う。とはいえ、立夏や夏至などと比べると地味で聞き慣れない季語ではある。

『絶滅寸前季語辞典』を開くと、やはり芒種が載っていた。編者の夏井いつきさんは、言葉の響きにひかれて調べるうちに「低温だが体の芯に及んでくるような熱気」を感じたそうだ。そうして詠んだのが〈ごんごんと芒種の水を呑みほせり〉。

絶滅寸前とされた季語には、稲作に絡むものが目立つ。田植え後に祝う「早苗饗《さなぶり》」や土間でもみをする「夜庭《よにわ》」など、生活様式の変容や機械化で忘れられていく季語がある。だから俳句という非日常の世界で生かしたいと、夏井さんは書く。

先週末の大雨は台風の影響によるものだった。秋の季語の台風が夏を追い越したのか。いや芒種だって、多くの地域ではもう田植えまで終わっている。冬の季語のマスクも、花粉症とコロナで変わるかもしれない。

今年の梅は、三温糖と蜂蜜で漬けてみようか。災害に留意しつつ、じめじめを乗り越えたい。〈芒種とふこころに播かむ種子もがな〉能村登四郎。

孤独と孤立　6・7

東京・秋葉原で無差別に17人が殺傷された事件から、あすで15年になる。昨年、死刑を執行された加藤智大《ともひろ》・元死刑囚にはゆがんだ孤独観があった。判決確定前に出した4冊の本に「なぜ」への納得できる答えはない。代わりに、孤立を極端に恐れる数々の言葉が並ぶ。

たとえば、友人から勧められたゲームセンターで遊ぶのは孤独だが、間接的に友人と接しているので孤立はしていない。勤務先の運送会社の車を運転するのは孤独だが、荷物を待つ人がいるので孤立ではない（『解』）。

「なんかさびしい」と感じる程度なら孤独であり、社会との接点がない孤立とは違うという。他の人々が感じる孤独はたいした問題ではないが、自分が抱えた孤立は特別なのだと線引きしているようにもみえる。こんな屈折した思考に巻き込まれて、多くの命が失われてしまった。

著書で自説を繰り返したが、最高裁判決では「孤独感を深めていた」としか言及されなかった。もっとも4冊目では、事件の真相をだれも理解していないと断言している。

精神科医の高岡健さんが、共著『「孤独」から考える秋葉原無差別殺傷事件』で、英語だと同

2023・6月

じ孤独でも複数の言葉があると述べている。ロンリネスは否定的だが、ソリテュドには一人でいる能力を発展させたニュアンスがあると。後者は孤高に近いかもしれない。

孤独に上下はないが複雑な影と光がある。自由で自立した孤独が欲しいときもあると思う。卑屈にならずに、胸を張ってもいいのだ。

ジュリアおたあの人生　6・8

ジュリアおたあは悲劇の女性だ。豊臣秀吉の朝鮮出兵で朝鮮半島から連れてこられ、キリシタン大名のもと洗礼を受けた。関ケ原の戦い後は徳川家康に厚遇されたが、棄教を拒んで島流しにされたと伝えられる。いずれも宣教師らの文書に書かれているが、日本の資料はなかった。

そのおたあによる直筆の書状が初めて見つかった。あて先は生き別れた弟の村田安政で、１６０９年に書かれたようだ。当時は家康の側室に仕えており、弟に似た者がいると聞いて萩藩に問い合わせる内容だ。

朝鮮王朝の貴族階級出身で、別れたころは13歳、弟は6歳ほどだったと記述。「手に青いあざ、足に柿色のあざがあったが、あなたにもありますか」などと尋ねている。その後に駿府城で再会し、小袖が家康から安政へ贈られたと伝わる。

安政から数えて14代目の子孫が埼玉県にいると聞き、村田矩夫《のりお》さん(81)を訪ねた。「家康公から賜った家宝がある」と父親から聞いたのは、50年ほど前だった。多くを語らずに亡くなったが、「私も年を取って気になり、探し始めた」という。

革製のトランクなどが見つかったのは約5年前で、大阪の長兄宅の押し入れだった。出てきた小袖や文書を見て、村田さんは「後世に伝えなければ」と考えた。萩博物館へ寄贈し、いま公開されている。「義務を果たせてほっとしている」と話す。

美しいかな文字に、どんな人だったのかと考える。小説などで描かれてきたおたあが確かにいた。残っていて良かった。

性的少数者の居場所　6・9

〈「あなたはここにいていいよ」。街が全力をあげて私に伝えている気がした〉。芥川賞作家の李《り》琴峰《ことみ》さんが先月、本紙への寄稿で、7年前にオーストラリアのシドニーで感じた思いを書いていた。世界最大規模のLGBTの祭典、マルディグラ・パレードを初めて訪れたという。

あの年は世界中から1万数千人の性的少数者が参加し、約30万人の観客が沿道で共に祝った。当時シドニー駐在だった筆者も、同じ場所で同じ景色を見た。国籍も性自認も関係なく、だれもが笑顔で互いを受け入れていた。

このままで、ここにいていい。きのうの原告たちはそう思えただろうか。福岡地裁で、同性婚を認めないのは「違憲状態」との判断が示された。全国5地裁のうち4地裁が「違憲」か「違憲状態」と判断したことになる。

あとは法制化への動きが焦点だ。だが国会では、性的少数者に対する理解を広めるための法案で「性自認」の表現でも合意できない。かつては「生産性」を口にした議員すらいた。福岡の原告の一人は「政府の姿勢が社会の空気にひも付いている」と漏らした。

李さんはエッセー集『透明な膜を隔てながら』で、生産性のない恋をしたって何も悪くないと書いた。悪いのは、道徳や生殖や国益などの「独善的な尺度を押しつけ、それによって人間の価値を断じようとする社会の暴力性だ」と。

ここにいていいとは、社会に居場所があること、人並みの尊厳があることだ。それさえ言えない政治とは、どういうことか。

疑わしきは申請者の利益に　6・10

イタリア最南端のランペドゥーサ島で20年前、北アフリカから続々と漂着する移民・難民船の問題を取材した。地元の救助当局を訪ねると、一様に同情的だった。みな命がけで海を渡ってくるし、沈没して亡くなる人も多い。だから、助ける際には「難民か、経済移民か」などと尋ねないという。

大きな悩みは難民申請の煩雑さだった。当時のイタリアは移民対策を強化する新法が制定されたばかりで、現場が混乱していた。「貧困や政治的抑圧など、事情は一人ずつ違う。絶対に違う場合を除き、難民認定して欲しい」と話す幹部もいた。

きのう、日本で改正入管難民法が成立した。さまざまな問題が指摘されるなかでも気になるのは、難民認定が正しく機能しているかどうかだ。申請中でも送還できる制度で、「疑わしきは申請者の利益に」の国際基準を満たせるのか。

難民審査で影響力を持つのは111人の参与員だ。その一人が「2千件を担当し、難民認定すべきだと判断できたのは6件だけ」と述べた。この発言が送還の根拠になる恐れがないか心配だ。

難民認定が6件だけだったのか。それとも、6件しか見つけられなかったのか。命がかかった認定を取りこぼすようなことは許されない。

冒頭の島での取材後、ローマで警察署へ行った。ソマリア出身の難民男性が指紋押捺《おうなつ》をしていた。指先10本を2回、指全体で1回の計30本、左右の手形も。ひどくないですかと聞いたらこう答えた。「命と比べれば大きな問題じゃない」

若者言葉に驚いた　6・11

夕方のバス停でのこと。中学生らしき制服姿の女の子たちの会話が耳に入ってきた。「きのうさー、先生にさあ、ボロクソほめられちゃったんだ」。えっと驚いて振り向くと、楽しげな笑顔があった。若者が使う表現は何とも面白い。

「前髪の治安が悪い」「気分はアゲアゲ」。もっと奇妙な言い方も闊歩《かっぽ》する昨今だ。多くの人が使えば、それが当たり前になっていく。「ボロクソ」は否定的な文脈で使うのだと、彼女らを諭すのはつまらない。言葉は生き物である。

大正の時代、芥川龍之介は『澄江堂《ちょうこうどう》雑記』に書いている。東京では「とても」という言葉は

「とてもかなはない」などと否定形で使われてきた。だが、最近はどうしたことか。「とても安い」などと肯定文でも使われている、と。時が変われば、正しい日本語も変化する。

今どきの若者は、SNSの文章に句点を記さないとも聞いた。「。」を付けると冷たい感じがするらしい。元々、日本語に句読点がなかったのを思えば、こちらは先祖返りのような話か。

新しさ古さに関係なく、気をつけるべきは居心地の悪さを感じさせる表現なのだろう。先日の小欄で「腹に落ちない」と書いたら、間違いでは、との投書をいただいた。きちんと辞書にある言葉だが、腑《ふ》に落ちない方もいるようだ。

新語は生まれても、多くが廃れ消えてゆく。さて「ボロクソ」はどうなることか。それにしても、あの女の子、うれしそうだったなあ。いったい何を、そんなにほめられたのだろう。

2023・6月

オスプレイの佐賀配備　6・13

佐賀空港は、一面に広がる麦畑の中にぽつりとある。先日訪れると、黄金色に輝く穂が風に揺れていた。ヒバリのさえずりの中、収穫の手を休めた麦わら帽子がちらほらと見えた。これが最後だ、とあの人たちは思っていただろうか。

空港の隣の畑をつぶした新駐屯地に、陸上自衛隊のオスプレイなどを配備する。そのための工事がきのう始まった。先週の住民説明会で、九州防衛局は「(着工日は)承知していない」と言っていた。舌の根も乾かぬうちである。

南西方面の防衛力を高めるなら、新たな負担をお願いする地域には、とりわけ丁寧な説明が欠かせない。なのに防衛省はなぜかいつも、ごまかしをして評判を下げる。不思議でならない。

地元の不安の声に押されて、防衛省は「駐屯地に米軍は常駐しない」とも書面で約束した。これも不思議だ。守れぬ約束を国がしたと速断したくないが、日米政府は共同使用する基地を増やす方針だったはずだ。

「米軍は常駐しない(ただし、長期の駐留を繰り返すことはある)」。書面をあぶると、こんな骨抜きの文字が浮かびあがらないか、と心配になる。いや、米軍の運用にも歯止めをかけられる、と言うのなら、沖縄などでどうか実証していただきたい。

鳥の声は、昔から人の言葉になぞらえられてきた。「聞きなし」という。麦畑を舞うヒバリは「利取る利取る、日一分」。借金の取り立てである。守れない約束をすると、いまは良くてもあとが大変——警告のさえずりである。

ウクライナのダム決壊　6・14

時代劇スターの嵐寛寿郎をして「天才や」とうならせた若き映画監督がいた。山中貞雄。だが才能は戦争にかき消される。27歳で召集されて中国戦線へ。目の前に広がっていたのは、日本軍をくい止めようと中国軍が黄河の堤防を切り、濁水が一帯をのみ尽くした光景だった。

ふんどし姿で1カ月も泥の中をはい回った山中は、このときに患った病で命を落とした。だが真の犠牲者は、現地の住民である。畑は没し、城壁はくずれ、民家は流された。「惨憺《さんたん》たる活地《いき》獄」と、当時の朝日新聞は書いている。死者・行方不明者は89万人にのぼったとされる。

戦争は愚かしい。その過程で目のくらんだ者は、人の手でおさえきれない、さらに愚かな行為に手を染める。のちには日本軍も同じような作戦を行った。

誰かが過ちを繰り返した、というべきだろう。ウクライナ南部のカホウカ・ダムが決壊して1週間がたった。死者は少なくとも14人にのぼる、とウクライナ側はいう。あの広い惨状を見れば、それでは済むまいという冷酷な予感も頭をよぎる。

現地では、いまも約70万人が飲み水に困っているという。なのにロシアによる避難民への攻撃

2023・6月

はやまず、国際的な支援の手も伸ばしきれない。犠牲の数が増えるのを、歯がみして見つめるばかりだ。

せめて浸水区域だけでも戦火をとめるわけにいかないのか。ダム決壊が何ゆえかは知らぬ。ただ、住民の保護に思いを致さぬ国は、戦闘に一時勝ったとしても、その名が長く続くはずはない。

自衛官候補生の凶行　6・15

作家浅田次郎さんの『歩兵の本領』に、入営前夜の自衛官を描いた短編がある。自分は通用するのか、いっそ逃げようか。不安は、新人教育担当の先輩の率直な物言いで薄らぐ。「おまえが通用するかどうかじゃなくって、俺たち助教がおまえら全員を通用させなけりゃならないんだ」

教育期間は春から初夏の約3カ月。その間に一人前に仕上げる、という責任感と自負のことばに主人公は心をほぐす。浅田さんは19歳で陸上自衛隊に入った。体験を生かしているのだろう。新人は共同生活をしながら、シーツのたたみ方から銃の扱い方まで、先輩に基本をたたき込まれる。

いまごろは、教育期間の終了まであとわずかという時ではないか。いったい何があったのか。

18歳の自衛官候補生の男が、岐阜市での射撃訓練中に、教育担当の先輩3人を撃って死傷させた。凶行に驚くほかない。

人材確保の悩みは自衛隊も例外でなく、過去10年以上、定数割れが続いている。その中で候補生への年間の応募は、直近のまとめで約2万8千人。男もこの春には、新しい世界への意気込みと緊張で身を硬くした一人であったろう。

所属する部隊の駐屯地では、4月に候補生の入隊式があった。代表者が読み上げたはずだ。「常に徳操を養い、人格を尊重し（略）必要な知識及び技能の修得に励むことを誓います」

全員が署名しなければならない「服務の宣誓」である。それからわずか3カ月足らずだ。真摯《しんし》な思いは、どこに消えてしまったのか。

2023・6月

骨太の方針　6・16

国のかじ取りへの、じつに真っ当な批判である。「借金つまり国債発行は、総選挙の時に投票権がなかった将来の有権者が納めた税金を、現在の有権者の歓心を買う資金に充てたということです」

どこかの新聞の社説ではない。野党時代の自民党が2010年にまとめた文書から引いた。財政再建をうたう党綱領と一体になった解説だ。旧民主党政権の看板だった子ども手当を「ばらまき」となじり、予算の無駄を削れば財源は出てくるという発想の安易さも戒めている。

政治は生き物だ。世界の動きや人々の関心によって、掲げた政策を変えることはあるだろう。ただ綱領は党の基本方針だ。「野党時代だけのものではありません」とも記している。比べるうちに、ここで批判した手法が、いまの岸田政権のやり方に映ってくる。

「骨太の方針」が、きょうにも閣議決定される。少子化対策は、児童手当の所得制限をなくして大盤ぶるまいとなる。防衛費も、以前ならありえないほど増やされる。なのにどちらも財源はぼんやりしていて、いまの無駄をさがす歳出改革だのみの部分がある。

負担は先送りだ。防衛増税を始める時期は「2025年以降のしかるべき時期とすることも可能」。もってまわった悪文の見本のような決着になりそうだ。少子化対策では、つなぎ国債に頼る。

綱領はいわば政党の憲法です――先の解説のことばだ。誰かに押しつけられたわけでもなく、自主的に定めた〝憲法〟であろう。放り投げてどうする。

人間讃歌　6・17

記者という仕事で暗いニュースばかり見聞きするから、なおさらなのかもしれない。何かの拍子に、笑顔がはじけた子どもの写真に目がとまり、いいなと思う。撮影した人を確かめると写真家の田沼武能《たけよし》さんだ。そんなことが何度かあった。

たとえば、授業を終えたばかりのアフリカ・マラウイの子どもたちが、裸足で車と競走する一枚。きゃっきゃとはしゃぐ声が聞こえてきそうだ。ぽっこりおなかを出した中米グアテマラの男の子は、聴診器で初めて聞いた自分の心音に目をむく。

「子どもたちはみな『神はまだ人間に失望していない』というメッセージを神さまからもらい、この世に生まれてきた」。詩人タゴールのことばを、田沼さんは写真集『ぼくたち地球っこ』に引用している。

子どもを通じて世界を見ようと、ライフワークを定めたのは30代半ばだった。ユニセフ親善大使の黒柳徹子さんの海外訪問にも自費で同行し、93歳で亡くなるまで120を超える国や地域を訪れた。

2023・6月

レバノンでは、本物の銃を構える少年を撮った。アフガニスタンの少女はまっすぐにレンズをみつめる。その目が問うているのは、見えない未来だろうか、世界の無関心だろうか。胸が痛む。それでも、田沼さんは人間を信じ、愛し続けた。「社会事情や文化、風土が異なっても人間は生きる事への希望を決して忘れることはない。だからこそ人間はすばらしいのだ」。人間讃歌《さんか》、と題した回顧展が東京都写真美術館で開かれている。来月30日まで。

ベルルスコーニ氏の時代　6・18

1986年7月。イタリア・ミラノの競技場の芝生に突然、ヘリが着陸した。『ワルキューレの騎行』が流れ、ダークスーツの男性が姿を現す。当時49歳の実業家、シルビオ・ベルルスコーニ氏である。サッカーチームのACミランを買収し、派手な登場でファンの度肝を抜いた。

八百長疑惑で危機的状況だったACミランに巨額を投じ、有力選手を集めて名門チームに育てた。不動産業で成功し、民放テレビ各局を買収してメディア王となり、さらにスター選手に囲まれる。イタリア人の夢を体現したと言われた。

次に転じたのは政界である。大疑獄事件で古い政党の枠組みが崩れた90年代に、サッカー思考を持ち込んだ。行き場を失った中道右派の支持層を「中盤があいた」と表現し、「フィールドに出る」と出馬を宣言。応援で叫ぶ「がんばれイタリア」という名の新党を立ち上げ、総選挙で大勝した。

そのベルルスコーニ氏が亡くなった。醜聞続きで退任と返り咲きを繰り返したが、計9年余の首相在任期間は戦後最長である。大富豪で反共、反エリートを主張する姿はトランプ前米大統領を彷彿《ほうふつ》とさせる。

政治家としての功績は、政権交代の機運をつくったことではないか。中道左派は危機感を強め内紛や分裂をやめた。打倒ベルルスコーニで団結したのは皮肉な結果だ。

国葬の日、ミラノ大聖堂前はACミランのファンで埋まった。そのチームはいま外資の手中にある。ポピュリストが去り、一つの時代が終わったと感じる。

＊6月12日死去、86歳

若者に届く言葉　6・19

若者へ真剣に語るとき、大人は特別な思いを込めるものだ。期待や忠告、自身を振り返っての感傷も。有名なのはスティーブ・ジョブズ氏の「ハングリーであれ。愚かであれ」だろう。米アップル社の創業者が米大学の卒業式で披露した人生観は感動を呼んだ。

英首相を務めたサッチャー氏は、若者に発破をかける際も新自由主義を掲げた。「大学は経済発展に必要な知識や技能を提供する場だ。理想を行動で支えなさい」。30年前に大学に招かれ、21世紀に「侵略的な統治者が他の地を奪おうとするだろう」と予測したのは慧眼《けいがん》だった。

「ハッシュタグだけでなく投票も必要です」。演説上手のオバマ元米大統領は、若者向けの話もうまい。変革するには情熱に加え、戦略が必要だ。若者はSNSで発信するだけでなく、投票所へ足を運んでほしいと退任後、米大学のスピーチで訴えた。

さて、日本はどうか。きのう、岸田首相が母校の早稲田大学で講演した。大学受験で失敗を繰り返した体験をつかみに、「私もいろいろと道草、回り道をした。人生のまさかを前向きに捉えて、お互い明るく生きていこう」と語りかけた。

学生の質問には真面目に答え、数日前まで吹いていた解散風への言及はなかった。最前列には早大OBの森喜朗元首相の姿も。最後の校歌斉唱は盛り上がった。

言葉は人を表すという。普段より簡潔に、親しみやすく話そうとすればなおさらだ。「明るく生きよう」のメッセージを若者はどう受け止めただろう。

「10秒の壁」を破った男　6・20

父親は建設作業員だった。母親は缶詰工場で働いていた。ジム・ハインズさんが生まれたのは、米アーカンソー州のそんな黒人家庭だった。第2次大戦が終わった翌年、1946年のことである。兄弟姉妹は9人いた。生活は楽ではなかったか。

足の速い子だった。関心は野球やアメフトにあったそうだ。後に「史上初めて、10秒を切って100メートルを走った男」と呼ばれるとは、まさか本人も思わなかったのだろう。陸上を始めたのは高校時代だった。

運命の日は68年6月20日。ちょうど55年前のきょうである。全米選手権に出場し、手動の計測で9秒9という速さを記録した。自信に満ちた走りだった。「たいした驚いた顔もしていなかった」と当時の本紙は伝える。

同年のメキシコ五輪では、黒人差別に抗議するボイコット騒ぎがあったが、「最善の方法は（競技で）ベストを尽くすことだ」として出場した。電気の計測で9秒95を出して金メダル。83年に破られるまで、15年間も世界記録の座を維持した。

2023・6月

それから半世紀。最速はウサイン・ボルトさんの9秒58まで来ている。人類はどこまで速くなれるのか。もう限界ではないのか。まばたきに満たない一瞬の時を削るために、数多《あまた》の才能がぶつかり、幾多の涙がぬぐわれる。思い描くだけでも、胸が熱くなる。

「10秒の壁」を破った直後、ハインズさんはアメフト選手に転じた。引退後は社会福祉の仕事に就いた。息子と娘がいて、孫は4人いる。今月3日に逝去。76歳だった。

夏至とアジサイ　6・21

お隣の国、韓国では、紫陽花《あじさい》をスグクと呼ぶそうだ。漢字をはめれば「水菊」だと聞いて、うなずく。梅雨のこの時期、たっぷりと雨水を含み、重たげに咲く姿が、何ともお似合いの花である。ハイドランジアとの属名も、水と容器の意味だとか。

そんな雨の花も、近年の線状降水帯とやらの集中豪雨にはさぞ、うんざりしているのではなかろうか。突然の強雨に激しく叩《たた》かれ、淡い青を震わせているのを見ると、無性に気の毒に、かわいそうに思ってしまう。やはり紫陽花には、しとしと雨がいい。

ここ数日は、梅雨の合間に姿を見せた太陽に少し、ほっとしているのかもしれない。いやいや、はや6月でこの日差しの強さかと、日に焼けて、ぐったりしているだろうか。もう一つの隣国、中国では繡球花《シウチウホワ》と書く。毬《まり》のようにまるく咲く花だとの意である。「紫陽花」という漢名は元々、唐代の白居易の詩に由来するそうだが、別の花の話が誤って、日本に伝わってしまったらしい。

一方、「アジサイ」という呼び名は、日本で生まれた。ものの本によれば、藍色の集まる様を、古人はこう表現したという。花の色が次々と変わることから、七変化やバケバナとも言われてきた。

きょうはもう、夏至だという。どうりで朝が早いわけだ。逆に言えば、これから徐々に夜が長くなる。半影を好む紫陽花にも、少しは休み時間が増えるだろうか。〈暮れゆけば明るきうしほ濃紫陽花〉鷲谷《わしたに》七菜子。地球の軸の傾きを想像しつつ、二度寝する。

「丸刈り」激減?　6・22

私という存在はいったい、どこまで私なのか。私の眼鏡は私なのか。着ている服はどうか。そして何よりも、私の髪の毛は私の存在の一部ではないのか。遠い昔、10代のころ、部活動の先生に「丸刈り」を強いられ、嫌で嫌で悩んだことを思い出した。

野球部員の頭髪は丸刈り――。そんな取り決めを持つ高校が、激減しているそうだ。時代は変わったか。日本高野連と本社による全国調査で、5年前の76・8%から、26・4%にまで減ったという。

確かに、甲子園の試合を見て、近ごろは髪を伸ばしているチームもあるのだと気づいてはいた。だが、そこまで大きな変化が生じていたとは。正直言って驚いた。この5年で、いったい何が起きたのだろう。

「丸刈りの強制は人権侵害と言われかねない。問題になったら困るとの意識が広まったのでしょう」。筑波大の清水諭《さとし》教授はそう話す。行きすぎた指導への厳しい視線も受け、変容の波が押し寄せているということか。

ただ、強制がなくても、高校野球をやたら精神論で語る風潮や、同調圧力で丸刈りを迫る空気が消えたわけではない。「スポーツとは何か。どんな髪形がいいのか。大事なのは生徒たちが自分で考えることだ」と清水教授。

今年もまた、熱き夏の球音が聞こえ始めた。プレーをする側も、応援する側も、高校野球というスポーツそのものを、存分に楽しみたい。髪の毛の長短など、寸分たりとも関係あるまい。いまや薄さの目立つ我が頭部をなでながら、強く思う。

沖縄慰霊の日　6・23

「ガマフヤー」。那覇市に住む具志堅隆松《たかまつ》さん(69)は、そう名乗っている。沖縄の言葉だ。旧日本軍が陣地に使った、自然の壕《ごう》「ガマ」を掘る人という意味である。ボランティアとしてもう40年以上、沖縄戦で亡くなった人たちの遺骨を探してきた。

「いまでも骨は見つかります」。具志堅さんはそう言った。恥ずかしながら、ハッとした。今月初め、沖縄を訪ね、多くのガマが残る糸満市の丘陵を案内してもらった。

ガジュマルの枝が絡み合う原野には、いくつもの壕が暗い口を開けていた。ヘッドライトをつけ、ゴツゴツとした石灰岩の隙間を、はって進む。ヘラで丁寧に地面をなでていく。しばらくして「これです」。明らかに骨だと分かるものが見つかった。

遺骨は「物言わぬ証言者」だという。銃撃されたか。火に追われたか。でも、「戦争の実相って、結局、殺されるってことですよね」。ぽつりと具志堅さんがつぶやく。ぐっと胸を突かれた。

きょうは沖縄慰霊の日。戦後78年、失われた多くの命に対し、この国はどれだけ本気に哀悼を示してきただろう。沖縄だけでなく、いまだに家族のもとに帰れない遺骨が、幾多も野に眠ったままなのはなぜだろう。あの戦争はまだ、終わっていないのではないか。

具志堅さんはこうべを垂れ、静かに遺骨に語りかけた。「みなさんの苦労、恐怖、絶望を少しでも、いまを生きる人に伝えたいと思います。もう二度と戦争を起こさないために」。目を閉じて、そっと、手を合わせる。

戦争と基地のにおい　6・24

においの話をしたいと思う。沖縄の地を訪れ、出合った、ふたつのにおいだ。どちらも、いい香りとはとても言えないものだが、忘れられない。言葉で表す、視覚に示す。それでも伝えきれない何かを、ときに臭気は雄弁に教えてくれる。

嘉手納町にある「道の駅かでな」には、巨大な米軍基地と隣り合う暮らしを体験できるブースが設けられている。なかに入ると、子どもと母親の何げない会話が聞こえてきた。ただ、すぐに軍用機の爆音が響き、声はかき消されてしまう。

驚いたのは、これとともに、ツンとした燃料臭が噴き出されてくることだ。騒音は想像していたが、戦闘機が飛び立つ下ではこんな臭気があるのかと初めて知った。

南風原《はえばる》町には、旧日本軍がつくった陸軍病院の地下壕《ごう》跡が残る。ひめゆり学徒隊も動員されたところだ。戦後、多くの遺骨がみつかったという。「ガイコツ山って呼ばれてました」。近くに住む女性は言った。

復元した壕の見学だけでなく、希望すれば、戦下の壕内を再現してつくったにおいをかぐことができる。消毒液か、火薬か、人の汗か。異様な臭さが鼻をつく。沖縄戦の悲惨な記憶を風化させてはならぬ。何とか伝えたいとの強い思いが、心に刺さった。

戦争の歴史と米軍基地。ふたつの重い枷《かせ》を負ってきた沖縄でいままた、自衛隊の増強が急速に進む。きのうの戦没者の追悼式で、「大きな不安」があると知事は訴えた。首相はしかと、受けとめてほしい。その耳に、目に、いや鼻にも。

マイナカードと保険証　6・25

最新のゲーム機にするか、動物図鑑にするか。誕生日のプレゼントを子どもが迷う。こんな時、頭ごなしに親が図鑑と決めてもだめなことが多い。「こっちの方が長く楽しめるよ」などと、財布と相談しながら、うまく結論を導く。大人はずるいのだ。

本人が決めたように思わせながら、じつはそう仕向けている。これが親子の小さな駆け引きならニヤリとするが、政治がらみとなれば笑っていられない。健康保険証が廃止されてマイナカードと一体となる件である。

マイナンバー法は先の国会であれこれ改正されたが、カードの取得はあいかわらず任意とされている。実態はどうだろう。もし保険証のかわりに資格確認書をもらっても、1年ごとの更新が必要になる。不便を押しつけてカードに切り替えさせたい思惑が見え見えだ。

先ごろ閣議決定された「デジタル社会重点計画」では、母子健康手帳と一体化させる方針も示された。ハローワークでの求職の受け付けでも、カードが必要になる。図書館カードや国立大の授業の出欠管理にも広がる。

外堀をどんどん埋めておいて、でもカードの取得は自分で選んだことでしょうと、政府は涼しい顔をする。だとしたら、じつにずるい。強引な手法は愛想をつかされるだろう。

こんな至言を見つけた。利用者を差しおいて、行政手続きのオンライン化そのものが「自己目的とならないように」とある。ほかならぬ重点計画の文書だ。もう一度、河野太郎デジタル相は熟読したほうがいい。

ワグネルの反乱　6・26

風変わりな男が現れた。ネズミ退治の報酬を拒まれた男は、笛を吹いて子どもたちを集めると、引きつれて姿を消す。「ハーメルンの笛吹き男」だ。歴史学者の阿部謹也さんは、このドイツの伝説が史実にもとづくことを解き明かした。1284年のきょう6月26日の出来事だった。

失踪の背後に何があったのか。学者たちは謎に挑んできた。少年十字軍だったという説やよそへ入植したという説がある。近隣の戦争へ駆り出されたという説もあるそうだ。進軍ラッパを吹き鳴らす男と、率いられた一団だ。

こちらも、忽然《こつぜん》と消えた。モスクワへの途上だった民間軍事会社ワグネルである。創設者のプリゴジン氏がウクライナへの侵攻で奏でたのは、「刑の免除」という笛の音だった。受刑者を集め、一時は5万人以上を率いていた。

正規軍のやらぬ汚れ仕事に手を染め、「なのに我々に弾薬を与えない」と国防省への批判を繰り返した揚げ句の反乱である。どうなることかと、かたずをのんでいた身としては、一夜あけての光景にぽかんと口をあけるしかない。

2023・6月

ウクライナ侵攻を「戦争」と表現しただけで罰金を科される国だ。プリゴジン氏は侵攻の「大義」を動画で否定し、武装蜂起した。だが捜査は見送られるのだという。

心あるロシア国民の目に、矛盾はどう映るだろう。プーチン大統領は、首都での戦闘という悪夢は避けられた。ただ「強い指導者」というイメージの低下は避けられまい。終わりの始まり、になるのだろうか。

オオタカの巣立ち　6・27

バードウォッチングで人気者のオオタカは、翼を広げて飛んでも木にとまっていても格好が良い。開発や乱獲で一時は絶滅の危機にあったが、生息数が回復して近年は都市部でも見かける。東京都心では、いまが巣立ちの真っ最中だ。

多くは保護のために繁殖地が公表されていないが、人が近づけないなどの理由で公開する例も。国立科学博物館附属自然教育園はそのひとつで、6年前に繁殖が確認されてから観察を続けている。今年は初めて、産卵したすべての4羽が巣立った。

同園の遠藤拓洋《たくみ》さん(34)によると、最も気をもむのは巣づくりの時期だという。オオタカは続けて同じ巣を使う習性だが、カラスが壊すこともある。今年は、昨年の巣にハクビシンが大量のフンをしていた。それでもつがいが来て枝や葉でフンを覆い、3月末から卵を産んだ。

産卵後も、気が抜けない。アオダイショウやハクビシンが襲った年もあった。最近の新たな「敵」は、ゲリラ豪雨だ。昨年は孵化《ふか》した直後に大雨が降り、1羽が死んでしまった。

鳥類学の樋口広芳・東大名誉教授は「羽が生える前に大雨があると、親鳥がかぶさっても守り切れない。人間がからむ無謀な撮影や伐採、密猟と違って防ぎようがない」と話す。孵化するのは梅雨入り前だが、大雨が増えているのだろうか。

都心でオオタカが見られるのはカラスが減り、獲物のドバトやムクドリが増えたのが大きいという。巣立ち後も1カ月ほど園内にいると聞き、しばし耳を澄ませた。

列車の安全のために　6・28

大阪発の夜行列車が翌未明、広島県の福山駅に到着した。停車中、車掌が二等車の室内で他殺体を見つけて騒然となった。1898年のことである。当時の東京朝日新聞によると、被害者は陸軍大尉。強盗が目的とみられ、男2人が捕まった。鉄道黎明《れいめい》期の日本を震撼《しんかん》させた事件だった。

この鉄道会社はすぐ、乗客の安全を守るために動いた。駅員のなかから「実直にして強壮なる者のみ」が選ばれ、車内の巡回を徹底した。列車ごとに日中は1人、夜間は2人。車内の安全対策は、ここから積み重ねられていったのかもしれない。

東京都内を走行中の京王線と小田急線で2年前、刺傷事件が相次いだ。一昨日ときのう、殺人未遂罪などに問われた2被告の初公判があった。検察側の冒頭陳述などからは、逃げ場のなかった乗客たちの恐怖が伝わってくる。

列車という「密室」で無差別の襲撃があると、乗り慣れた路線でも不安になる。先日は料理人が持っていた刃物で、山手線の車内が騒ぎになった。複数が転倒などでけがをした。

国土交通省は今秋にも、新幹線や三大都市圏の路線を中心に車内防犯カメラの設置を義務づける方針だ。ばらつきはあるが設置は確実に進む。乗客は周囲に注意を払い、事業者はカメラで監視する時代なのか。

冒頭の事件については、作家の内田百閒《ひゃっけん》が随筆『汽笛一声』で書いている。「夜汽車は恐ろしいものであると（中略）子供の心に沁《し》み込ませた」。鉄道開業から150年余り。安全の模索は続く。

大谷選手と変化球　6・29

米大リーグに流れる時間は速い。きのう、エンゼルスの大谷翔平選手の投球をテレビで見て実感した。球種の主体が、スイーパーから変わってきている。あのWBC決勝の最後に、トラウト選手へ鮮烈な一球を投げたのは3カ月前だった。

スイーパーは大きく横に曲がるスライダーの一種だ。今年から、大リーグの解析システムにも新しい球種として追加された。開幕直後の米メディアは、この話題で持ちきりだった。速球派の印象が強い大谷選手も多用し、「打者を悩ませ、実況アナを驚かせる」などと報じられた。

注目の変化球ではあるが、素人ファンとしては、わざわざスライダーから分けて呼ぶ必要があるのかと思ってしまう。そういえばスプリットも、かつてはフォークボールと呼んでいたような。ツーシームだって、シュートとの違いがわからない。

時代に取り残されたような気分になり、米スポーツライター2人による投手史の解説書『ネイヤー／ジェームズ　投手ガイド』（未訳）を開いた。冒頭から、「他人がその投球をどう呼んでも、投手がそう呼んだとは限らない」とあって引き込まれた。

同著によれば、いまある変化球のほとんどは百年前までに存在したという。時代で名前が変わってきただけなのだ。確かに球速、回転の向き、回転量でしか工夫できない。投げられる範囲の曲がり方は出つくしたとの説もあるほどだ。

きのうの大谷選手は直球が中心で、落ちる球がよく決まっていた。ますます目が離せない。

アクティビストの戦術　6・30

最近よく耳にするアクティビストは、もの言う株主を指す。投資先の企業の株価が上がるように積極的に働きかける。その戦術などを表現する用語には、戦争に由来する言葉が多いそうだ。企業買収に詳しい太田洋《よう》弁護士の近著『敵対的買収とアクティビスト』で知った。

たとえば、ウルフパック（群狼《ぐんろう》）は、複数のアクティビストなどが別々に株式を買い進めて一気に要求を通す行為を意味する。もとは第2次世界大戦中、ナチス・ドイツの海軍提督が考案した戦術だ。Uボートを多数配置し、英国の通商ルートを破壊した。

調べるとほかにもある。取引開始直後に大量に買う「暁の急襲」。市場から抜けるために利益を放棄して投げ売りする「降伏」。投資と無縁の身にはただ恐ろしげに響く軍事用語が、特別な意味を持つ世界がある。

今年も株主総会の季節が来た。ピークのきのうは600社近い企業が開いた。株主提案が過去最多になったのは、経営のあり方についてモノを言いたい株主が増えたからだ。目先の利益還元の要求から中長期的な提言まで、内容も多岐にわたるという。

かつて株主総会には、金品目当てで介入する総会屋がつきものだった。同一日に集中したのは出席を避けるためだったが、法改正や規制強化などで激減した。

太田氏は、アクティビズムやその対応で何が「良い」かの正解はないと書いている。もの言わぬ株主でも株主でなくても、会社はだれのものかを改めて考えたい。できれば平和的な言葉で。

主な出来事　2023年1月―6月

（日付は原則、日本時間）

1月2日　新年一般参賀が皇居で3年ぶりに実施。天皇、皇后両陛下の長女愛子さまが初出席
3日　箱根駅伝で駒大が2年ぶり8度目の総合優勝。史上5校目の大学駅伝3冠を達成した
4日　岸田文雄首相が記者会見で賃上げを要請し、少子化対策に取り組む考えを表明
5日　世界平和統一家庭連合（旧統一教会）の問題を受けた新法が一部規定を除き施行
6日　国内の新型コロナウイルスの新規感染者数が累計3千万人を超える
7日　米当局が、エーザイが開発したアルツハイマー病治療薬を条件付きで迅速承認
8日　ラグビー全国大学選手権決勝で、帝京大が早大を下して2季連続11度目の優勝
9日　全国高校サッカー選手権で岡山学芸館が東山（京都）を3―1で破り、初優勝
　鳥インフルエンザの殺処分対象が約998万羽に。2年ぶりに過去最多を更新した
11日　YMOで活躍したミュージシャンの高橋幸宏さんが70歳で死去
12日　日米外務・防衛担当閣僚会合が開かれ、日本の防衛力強化に米が「強い支持」を表明
　鹿児島県西之表市の馬毛島で、防衛省が自衛隊基地の本体工事に着手
13日　安倍晋三元首相の銃撃事件で、奈良地検が山上徹也容疑者を殺人などの罪で起訴した
14日　岸田文雄首相が米ワシントンでバイデン大統領と首脳会談
15日　全国都道府県対抗女子駅伝で大阪が8年ぶり優勝。松田瑞生が最終9区で逆転した
17日　阪神・淡路大震災から28年を迎え、兵庫県の各地で追悼行事が開かれた
　中国、2022年末時点の総人口は14億1175万人と発表。61年ぶりに減少した
　経団連が今年の春闘指針を発表。賃上げは「企業の社会的責務」と呼びかけた

18日　福島第一原発事故をめぐり強制起訴された東電の旧経営陣に、二審も無罪判決
19日　第168回芥川賞・直木賞決定。芥川賞に井戸川射子さん「この世の喜びよ」と佐藤厚志さん「荒地の家族」。直木賞に小川哲さん「地図と拳」と千早茜さん「しろがねの葉」
20日　2022年の貿易赤字が19兆9713億円で過去最大になったと、財務省が発表
22日　昨年12月の消費者物価指数は前年同月より4・0%上がり、41年ぶりの上昇幅に
23日　車いすテニスの4大大会男子シングルスで通算28度優勝の国枝慎吾が引退を表明
24日　岸田文雄首相が施政方針演説で「次元の異なる少子化対策」の実現を主張
24日　細田博之衆院議長が、安倍元首相と旧統一教会について「大昔から関係」と証言
25日　プロ野球歴代3位の本塁打を放ち、「中年の星」と呼ばれた門田博光さんが74歳で死去
25日　ドイツ政府が主力戦車の「レオパルト2」をウクライナに提供すると発表
26日　昨年売り出された首都圏の新築マンションの平均価格が2年連続で最高値を更新した
28日　卓球の全日本選手権女子ダブルスで伊藤美誠、早田ひな組が史上初の5連覇
29日　中国が、日本の新型コロナの水際対策への対抗として停止していたビザ発給を再開
31日　囲碁の藤田怜央初段が9歳でプロ初勝利を挙げて最年少記録を更新
　　東京・渋谷の東急百貨店本店が再開発に伴い閉店。55年の歴史に幕を閉じた
2月2日　特殊詐欺の昨年の被害額が約361億円で、8年ぶりに増加したと警察庁が発表
3日　性交同意年齢引き上げなど、性犯罪規定の大幅見直しに向けた要綱案がまとまる
4日　岸田文雄首相が、性的少数者に関する差別発言をした荒井勝喜・首相秘書官を更迭
5日　米国が、米本土に飛来した中国の気球をサウスカロライナ州沖で撃墜した
6日　13歳の囲碁棋士、仲邑菫三段が女流棋聖を奪取。史上最年少でのタイトル獲得

2月7日　特殊詐欺事件で警視庁が、フィリピンから送還の男2人を窃盗容疑で逮捕。9日にも別の男2人を逮捕した
9日　公正取引委員会が、アプリ配信市場でアップルとグーグルが「寡占状態」だと指摘
10日　政府はマスク着用について3月13日から基本的に個人の判断に委ねることを決定
12日　フィギュアスケート四大陸選手権で、三浦璃来、木原龍一ペアが日本勢初優勝
13日　原子力規制委員会が、原発の60年超運転への新たな規制制度を異例の多数決で決定
「銀河鉄道999（スリーナイン）」などの漫画家松本零士さんが85歳で死去
14日　日本銀行の次期総裁に経済学者の植田和男氏を起用する人事案を政府が提示
トヨタ自動車名誉会長で、経団連会長を務めた豊田章一郎さんが97歳で死去
17日　次世代の基幹ロケット「H3」初号機の打ち上げが、主エンジン着火直後に中止
18日　北朝鮮が大陸間弾道ミサイル（ICBM）級1発を発射した
19日　上野動物園で生まれ育ったパンダ「シャンシャン」が同園で最後の観覧を終えた
20日　米国のバイデン大統領が、ウクライナの首都キーウを電撃訪問した
21日　ロシアのプーチン大統領が米ロ間の「新戦略兵器削減条約」の履行停止を表明
24日　国連総会が、ロシア軍にウクライナからの即時の完全撤退を求める決議を採択した
「沖縄返還密約」を追及し続けた元毎日新聞記者、西山太吉さんが91歳で死去
28日　2022年に生まれた子どもが80万人を割った。厚生労働省が公表
東京五輪をめぐる談合事件で東京地検が電通など6社と組織委元次長ら7人を起訴
3月3日　車いすテニス・国枝慎吾さんへの国民栄誉賞授与が決定。パラアスリートでは初
ノーベル賞作家の大江健三郎さんが、88歳で死去

5日　東京マラソンが4年ぶりにコロナ前と同規模で開催され、3万8千人超が参加
中国で全国人民代表大会が開幕。今年の経済成長率目標を5％前後と表明した
6日　日韓の懸案の徴用工問題で、韓国が「解決策」を発表。両政府が政治決着した
「日野町事件」の再審開始決定に対し、大阪高検が特別抗告。最高裁が判断へ
7日　大型ロケット「H3」初号機の打ち上げが失敗した。今後の宇宙開発に影響も
9日　野球の第5回WBC（ワールド・ベースボール・クラシック）で日本が快勝スタート。
大谷翔平の投打の活躍で中国に大勝した
10日　中国の全国人民代表大会で、習近平《シーチンピン》氏を3期目の国家主席に選出
11日　死者・行方不明者が2万2212人に上る東日本大震災から12年を迎えた
12日　国際宇宙ステーションに滞在していた宇宙飛行士の若田光一さんが地球に帰還した
14日　参院懲罰委員会が、ガーシー（本名・東谷義和）参院議員の「除名」処分を決定
16日　岸田文雄首相と韓国の尹錫悦《ユンソンニョル》大統領が会談。関係改善を進めることで一致した
沖縄県の石垣島に陸上自衛隊の石垣駐屯地が開設された。ミサイル部隊を配備
17日　元自衛官の五ノ井里奈さんへの強制わいせつ罪で、元自衛官の男3人を在宅起訴
18日　来日したドイツのショルツ首相と岸田首相が会談。経済安保での連携強化を確認した
20日　国連が地球温暖化の報告書公表。気温上昇を1・5度に抑える目標に危機感を示した
検察が特別抗告を断念し、袴田巖さんの再審開始が確定。無罪となる公算大に
21日　中国の習近平国家主席とロシアのプーチン大統領が会談し、関係の発展で一致
岸田首相が、ロシアによる侵攻が続くウクライナの首都キーウを電撃訪問した
22日　野球の第5回WBCで、日本が3度目の優勝。初戦から「侍ジャパン」の熱戦は全世代

から注目を集め、テレビ視聴率はいずれも高い数字をマークした

3月23日　今年の公示地価は全用途の平均で2年連続上昇。コロナ禍からの回復が地方にも及ぶ

　　　　第20回統一地方選は9道府県知事選が告示され、前半戦がスタートした

24日　俳優の奈良岡朋子さんが93歳で死去。晩年、「黒い雨」の一人語りで平和を訴え続けた

　　　ベトナム人元技能実習生による死産の双子の遺棄事件で、最高裁が逆転無罪判決

25日　京都市が導入をめざす「空き家税」に国が同意した。課税で居住や売却を促す狙い

27日　ＥＵが、２０３５年にエンジン車の新車販売をすべて禁止する方針を転換

28日　拘束された日本の製薬会社員について中国外務省が「スパイ活動の疑い」と発表

　　　東芝の不正会計問題で、東京地裁が旧経営陣5人に約3億円の支払いを命じる判決

　　　総額１１４兆円の国の予算が成立した。11年連続で過去最大を更新した

　　　ベラルーシが、同国内にロシアが戦術核を配備する方針を受け入れると表明

29日　ＹＭＯなどで活躍した音楽家の坂本龍一さんが71歳で死去

30日　国が確保したコロナワクチン8・8億回分の算定根拠が不明と会計検査院が指摘

　　　安倍晋三元首相の銃撃事件で、奈良地検が山上徹也被告を追起訴して捜査が終結

31日　カルテルを結んだとして電力3社に総額約１０１０億円の課徴金納付命令

　　　米ニューヨーク州の大陪審がトランプ前米大統領を計34の罪で起訴

4月1日　日本政府が半導体製造装置の輸出規制を強化すると発表。事実上の対中規制

　　　第95回記念選抜高校野球で山梨学院が県勢初の優勝。報徳学園（兵庫）が準優勝

3日　国交省ＯＢの空港施設社副社長が辞任。省側の意向としてポストを要求していた

4日　世界トップレベルの大学を作る国の「国際卓越研究大学」に東大など10校が応募

5日　外交目的などを共有する「同志国」の軍に援助する新枠組みの導入を政府が決定
「ムツゴロウさん」として広く親しまれた動物研究家の畑正憲さんが87歳で死去
6日　陸自ヘリが宮古島沖で航空事故。第8師団長ら10人が乗っていた
7日　少子化対策の実現に向けた「こども未来戦略会議」の初会合を政府が開催
日銀の黒田東彦《はるひこ》総裁が退任会見を開き、金融緩和が効果を上げたと語った
8日　主要7カ国（G7）気候・エネルギー・環境相会合が札幌市で16日まで開催
中国軍が、台湾周辺での軍事演習を開始。「台湾独立勢力への警告」と説明
9日　統一地方選の前半戦として、9知事選と6政令指定市長選などが投開票
10日　政府が技能実習制度を廃止し、労働力としての実態に即した新制度に改める案を示す
12日　昨年10月の人口推計で、総人口は1億2494万7千人と12年連続の減少
書店員が選ぶ第20回本屋大賞に、凪良《なぎら》ゆうさんの「汝《なんじ》、星のごとく」
14日　2度の震度7を記録した熊本地震の発生から7年を迎えた
15日　和歌山市で、演説直前の岸田首相の近くで筒状のものが爆発。投げ込んだ男を逮捕
16日　G7環境相会合で、化石燃料の廃止加速をうたう共同声明を採択
統一地方選の後半戦にあたる99市区長選などが告示。26市区長選が無投票に
17日　日本学術会議の総会で、政府側が組織改革を目指す法案を説明。会員は反発
新電力顧客情報の不正閲覧問題で、経産相が関電や九電など5社に業務改善命令
18日　G7外相会合で、ロシアに即時撤退を求める共同声明を採択した
21日　昨年度の消費者物価は前年度比3・0%上昇し、41年ぶりの伸びに。総務省発表
妊娠初期が対象の飲む中絶薬について、厚労省の分科会が承認を初めて了承した

4月24日　衆参五つの補欠選挙の結果が判明し、自民党が4勝、野党は日本維新の会が1勝
25日　バイデン米大統領が、2024年の大統領選での再選に向け立候補を正式表明
　東京都八王子市の精神科「滝山病院」に都が改善命令。患者への虐待を認定した
26日　ウクライナのゼレンスキー大統領と中国の習近平国家主席が電話協議
　日本の宇宙ベンチャーによる着陸船は、民間企業初の月面着陸を果たせなかった
27日　原発の運転期間の延長を盛り込んだGX脱炭素電源法案が、衆院本会議で可決された
28日　受刑者に暴行を繰り返していたとして、名古屋刑務所が刑務官13人を書類送検
29日　戦闘が続くスーダンから退避した邦人と家族の計48人が、チャーター機で帰国した
30日　G7デジタル相会合が「責任あるAI」実現をうたった閣僚宣言を採択し、閉幕した
5月1日　米中堅ファーストリパブリック・バンクが経営破綻。米銀で今年3行目
2日　近畿日本ツーリストが、新型コロナ関連業務の過大請求が最大16億円の疑いと発表
3日　ロシア大統領府が、クレムリンに攻撃を試みたドローン2機が墜落したと発表した
4日　総務省は4月1日現在の子どもの数（15歳未満人口）が42年連続の減少と発表
　米連邦準備制度理事会（FRB）が0・25％幅利上げし、政策金利は5％台に
5日　世界保健機関のテドロス事務局長は新型コロナをめぐる緊急事態終了を宣言した
6日　ロンドンのウェストミンスター寺院でチャールズ英国王の戴冠式が行われた
7日　岸田文雄首相が「シャトル外交」の一環で韓国を訪問し、尹錫悦大統領と会談
　アラブ連盟が、参加資格を停止していたシリアの復帰を12年ぶりに認めた
8日　新型コロナ感染症の法律上の位置づけが季節性インフルと同じ「5類」に移行
9日　ロシアで第2次世界大戦の対ドイツ戦勝記念日の軍事パレードが行われた

10日　トヨタ自動車が2023年度の営業利益を日本企業で過去最高の3兆円と予想
11日　ソフトバンクグループが2023年3月期決算で9701億円の最終赤字を発表
天皇、皇后両陛下主催の春の園遊会が令和になって初開催。約1千人が出席
12日　プロ野球・西鉄の黄金期を支えた中西太さんが90歳で死去。本塁打王5回の「怪童」
14日　国交省職員が未公表の人事情報をOBにメール送信していた。同省が国会に報告
15日　ジャニーズ事務所創業者による性加害疑惑をめぐり、藤島ジュリー景子社長が謝罪した
文化庁が移転先の京都で本格的に業務開始。東京との2拠点体制となった
沖縄の日本復帰から51年。自衛隊基地の面積は約5倍に増え、部隊配備も進む
16日　電力7社の家庭向け規制料金の値上げを政府が了承。6月から14～42％引き上げ
17日　日経平均株価が約1年8カ月ぶりに3万円台を回復した
18日　岸田文雄首相とバイデン米大統領が広島市内で会談。安全保障などで意見交換
19日　主要七カ国首脳会議（G7サミット）が広島市で開幕。G7首脳は原爆資料館を初めてそろって訪問した
20日　テレビ番組などで活躍した上岡龍太郎さんが81歳で死去。天才的なトークと評された
ウクライナのゼレンスキー大統領がG7サミットに出席するため広島に到着
22日　河野太郎・国家公務員制度担当相が各府省に天下り違反の確認をする方針を表明
23日　「マイナ保険証」の誤登録で厚生労働相が加入者データを総点検する方針を表明
25日　長野県中野市で男が発砲するなどし、民家に立てこもる。警察官ら4人が死亡した
裁判記録の廃棄問題で最高裁が報告書を公表。保存ルールを見直す改善策を示す
26日　政府は「経済財政運営と改革の基本方針（骨太の方針）」の骨子案を示した

5月28日　第76回カンヌ国際映画祭で邦画「怪物」が高評価を得た。役所広司さんが男優賞、坂元裕二さんが脚本賞を受賞した

29日　岸田文雄首相が長男の政務秘書官、翔太郎氏を交代させると発表。事実上の更迭

30日　トルコ大統領選の決選投票で、現職のエルドアン氏が当選。長期政権継続へ

同性婚をめぐる訴訟で名古屋地裁が「違憲」判決。札幌地裁に続き2例目となる

31日　トラック大手の日野自動車と三菱ふそうトラック・バスが経営統合で基本合意

北朝鮮が軍事偵察衛星を発射。失敗を認めるも「早期に2回目断行」と明言

最長60年としてきた原発の運転期間を延長できるようにする法律が成立

6月1日　将棋の藤井聡太竜王が名人、七冠に。いずれも史上最年少。4勝1敗で渡辺明名人破る

2日　健康保険証をマイナンバーカードと一体化させる改正法が参院本会議で成立

3日　天皇、皇后両陛下が代替わり後初めて東日本大震災の被災地を訪問

4日　前参院議員のガーシー容疑者を逮捕。動画投稿サイトで俳優らを脅迫した疑い

7日　政府はマイナンバーとひもづく口座登録で「家族口座」を13万件確認したと発表

8日　テニスの全仏オープン混合ダブルスで加藤未唯、ティム・プッツ組が初優勝

長野県軽井沢町で15人が死亡したバス事故で、運行会社の社長ら2人に実刑判決

9日　難民認定を申請中の外国人を母国に送り返せるようにした改正入管難民法が成立した

「LGBT理解増進法案」の与党修正案が衆院内閣委で可決。会期内成立の公算大

作家の平岩弓枝さんが91歳で死去。代表作の「御宿かわせみ」はドラマ化もされ人気に

10日　テニスの全仏オープン車いす部門男子シングルスで、小田凱人《ときと》が初優勝

11日　官房長官や自民党参院議員会長などを務めた青木幹雄氏が89歳で死去

12日　イタリア政界に君臨してきたベルルスコーニ元首相が86歳で死去
13日　ツタヤ会員カード発祥の「Tポイント」をSMFGの「Vポイント」に統合へ
14日　岐阜市の陸自射撃場で自衛官候補生(18)が発砲し、指導役の2人死亡、1人けが
14日　米連邦準備制度理事会（FRB）が1年以上に及んだ連続利上げを停止（現地時間）
　　　認知症に関する初の法律、認知症基本法が成立。9月21日が「認知症の日」に
15日　岸田文雄首相は今国会での衆院解散は見送ると表明。模索していたが、断念した
16日　政府が骨太の方針を閣議決定。防衛費増額のための増税、事実上の後ろ倒しを示唆
　　　防衛費増額の財源を裏付ける財源確保法、LGBT理解増進法が国会で成立
17日　天皇、皇后両陛下がインドネシア到着。国際親善のための外国訪問は即位後初めて
19日　中国の習近平国家主席と、北京を訪問中のブリンケン米国務長官が面会
21日　世界経済フォーラムが男女格差の報告書を公表。日本は146カ国中125位に
23日　太平洋戦争末期の沖縄戦犠牲者を悼む「慰霊の日」。式典には岸田首相も参列
　　　タイタニック号探索で不明の潜水艇「タイタン」の残骸見つかる。搭乗者5人全員死亡か
24日　ロシアの民間軍事会社ワグネルの創設者プリゴジン氏がロシア軍への反乱を宣言。一時、
　　　モスクワに向けて進軍したが25日に「撤収」した
27日　歌舞伎俳優の市川猿之助容疑者が、母親の自殺幇助の疑いで警視庁に逮捕された
　　　ふるさと納税にかかる経費のルールを厳格化。地場産品の基準も見直すことに
29日　京都の強盗事件で「ルフィ」と称した男を逮捕。広域強盗事件の指示役逮捕は初めて
　　　緊急時にドルなどを融通し合う「通貨スワップ協定」の再開で日韓が合意
30日　円相場が一時、約7カ月半ぶりに1ドル＝145円台に下落。「円独歩安」の様相

人名索引

＊50音順。読み方の不明なものについては、通有の読み方で配列した。

サ　行

タ　行

ナ　行

ハ　行

マ　行

ヤ　行

ラ　行

ワ 行

朝日新聞朝刊のコラム「天声人語」の２０２３年１月―６月掲載分を、この本に収めました。

まとめるにあたって各項に表題をつけました。簡単な「注」を付した項目もあります。新聞では文章の区切りに▼を使っていますが、本書では改行しました。年齢や肩書などは原則として掲載時のままです。掲載日付のうち欠けているのは、新聞休刊日のためです。

「天声人語」は、郷富佐子、古谷浩一、谷津憲郎が執筆を担当しています。後藤遼太、大久保貴裕、米田優人が取材・執筆を補佐しました。

郷富佐子《ごうふさこ》

1966年生まれ。89年、朝日新聞社入社。社会部員、国際報道部員などを経て、マニラ、ローマ、ジャカルタ、シドニーで特派員を歴任。バチカンでローマ教皇の代替わりなどを報道。

古谷浩一《ふるやこういち》

1966年生まれ。90年、朝日新聞社入社。日本での勤務は前橋支局や大阪本社社会部など。中国での取材経験が長く、上海、北京、瀋陽で特派員を歴任した。南京大学と韓国・延世大学で研修留学も。

谷津憲郎《やつのりお》

1971年生まれ。94年、朝日新聞社入社。水戸、仙台支局を経て、社会部では主に遊軍を担当。沖縄に2度勤務し、沖縄国際大へのヘリ墜落事故や辺野古埋め立て承認などを取材した。

天声人語《てんせいじんご》 2023年1月―6月

2023年9月30日　第1刷発行

著　者　朝日新聞論説委員室
発行者　宇都宮健太朗
発行所　朝日新聞出版
〒104－8011　東京都中央区築地5－3－2
電話　03－5541－8832（編集）
　　　03－5540－7793（販売）
印刷所　凸版印刷株式会社

Published in Japan by Asahi Shimbun Publications Inc.
ISBN978-4-02-251939-9
定価はカバーに表示してあります。

落丁・乱丁の場合は弊社業務部（電話03－5540－7800）へご連絡ください。
送料弊社負担にてお取り替えいたします。